Dieses Buch gehört:

____

Alle Tipps und Informationen in diesem Buch sind sorgfältig ausgewählt und geprüft. Dennoch können weder Urheber noch Verlag eine Garantie übernehmen. Eine Haftung für Personen-, Sach- und Vermögensschäden ist ausgeschlossen.

5 4 3 2 1   14 13 12 11 10

ISBN 978-3-8157-9609-2

Konzept und Redaktion: Susanne Tommes
Printed in Belgium

www.coppenrath.de

Holger Luhmann u.a.

Vampire

Alles, was du wissen musst

Mit Bildern von Dirk Hennig

COPPENRATH

Inhaltsverzeichnis

Friedhof
Zentrum
Schloss Gruselburg

Schwarz ist die Nacht

Sie sind untot, schlafen am Tag in ihren Särgen und leben im Dunkeln so richtig auf: Vampire! Mit ihren spitzen Zähnen und ihrem stetigen Durst nach Blut sorgen die gruseligen Geschöpfe der Nacht für ganz viel Gänsehaut. In diesem Buch erfährst du alles, was du über Vampire wissen musst. Du lernst den Star unter den Blutsaugern, Graf Dracula, kennen und bekommst Tipps, wie du dich erfolgreich gegen Vampirangriffe wehren kannst.

Hast du Lust, anderen einen gehörigen Schrecken einzujagen? Dieses Buch verrät dir viele dunkle Geheimnisse, zum Beispiel wie du dich selbst in einen Vampir verwandeln kannst. Unheimliche Spiele und blutige Rezepte für deine durstigen Freunde dürfen natürlich auch nicht fehlen. Und für alle, die sich am liebsten unter ihrer Bettdecke verkriechen, gibt's noch ein paar schaurig-schöne Vampirgeschichten.

Na, dann: Auf in die Unterwelt!

Nichts für Angsthasen!

Lass dieses Buch niemals einfach so herumliegen. Für jüngere Geschwister und andere Angsthasen ist es verboten. Am besten legst du es in eine gut verschließbare Kiste oder Truhe. Ein Schuhkarton unterm Bett tut's allerdings auch.

Wenn sehr gute Freunde zu Besuch sind, kannst du es natürlich hervorholen. Gemeinsam macht Gruseln schließlich doppelt Spaß – zum Beispiel, wenn ihr in einer klaren Vollmondnacht im Garten zeltet oder euch beim nächsten Gruselfest mit einer Taschenlampe in eine Höhle zurückzieht …

Wichtig: Wer richtig schlimm Angst kriegt und vielleicht sogar nicht mehr schlafen kann, gibt auf jeden Fall seinen Eltern oder anderen vertrauenswürdigen Menschen Bescheid. Auch wenn sie keine Vampir-Experten sind, können sie bestimmt weiterhelfen.

Aber jetzt geht's los …

Was sind Vampire eigentlich?

Bleiche Haut und spitze Zähne

Wer ahnungslos durch die Welt läuft, riskiert sein Leben! Denn nur wenn du einen Vampir frühzeitig erkennst, kannst du dich in Sicherheit bringen. Darum ist es wichtig, sich die wichtigsten Merkmale und Eigenschaften der Untoten gut zu merken. Hier sind sie:

Vampire haben eine sehr bleiche Haut. Das liegt zum einen daran, dass sie kein Sonnenlicht vertragen und es daher meiden. Einige von ihnen sollen so empfindlich sein, dass sie im Sonnenschein zu Staub zerfallen oder verbrennen. Zum anderen fehlt ihnen Blut, was sie immer ungesund aussehen lässt. Wenn sie den Mund leicht öffnen, siehst du ihre spitzen Zähne, mit denen sie ihre Opfer beißen. Ganz schön gruselig!

Vampire treten meist sehr elegant auf. Sie tragen dunkle, lange Umhänge und bewegen sich, als würden sie leicht über dem Boden schweben. Sie können sehr freundlich und charmant sein. Doch lass dich davon nicht täuschen!

Die meisten Vampire sind übrigens in ländlichen Gebieten, also in Dörfern, unterwegs, in großen Städten begegnet man ihnen seltener.

Bei deinen genauen Beobachtungen wird dir auffallen, dass Vampire kein Spiegelbild haben. Wenn du also irgendwann einmal mit jemandem vor einem Spiegel stehst und nur dich allein darin siehst, solltest du möglichst schnell das Weite suchen!

Vampire sind auch sehr stark. Sie verfügen über übermenschliche Kräfte. Außerdem können sie sich sehr schnell von Verletzungen erholen. Leg dich also besser nicht mit einem Vampir an!

Es wird behauptet, dass Vampire außerdem Wände hochgehen können. Sie sollen sich auch nach Belieben unsichtbar machen und an einer anderen Stelle wieder auftauchen können. Vampiren wird ferner nachgesagt, dass sie sich verwandeln können – zum Beispiel in eine Fledermaus.

Außerdem sollen Vampire sich unheimlich gut mit Zahlen auskennen und ausgezeichnet rechnen können.

Ein ganz normaler Vampir-Tag

Tagsüber, wenn die Sonne scheint, hausen die lichtscheuen Vampire in ihren Grabstätten oder Gruften und schlafen in ihren Särgen. Vampire mögen die kalte, feuchte, modrig riechende Luft dort. Die Spinnen in ihren Netzen und andere Krabbel- und Kriechtiere leisten ihnen Gesellschaft.

Manche Menschen behaupten, erkennen zu können, in welchem Grab auf dem Friedhof ein Vampir schläft und in welchem nicht. So sollen schief stehende Holzkreuze und größere Mauselöcher sichere Anzeichen dafür sein, dass sich hier der Schlafplatz eines untoten Blutsaugers befindet. Auch ein Rabe auf dem Grabe soll auf einen Vampir hinweisen.

Bricht die Nacht herein, kriechen die Vampire in Gestalt einer Spinne, einer Kröte oder einer Wanze durch die Mauselöcher nach oben und verwandeln sich dann.

Jetzt suchen sie sich ihre Opfer. Denn sie brauchen Blut als Nahrung. Kein Wunder, dass Vampire ein so ausgeprägtes Gebiss haben! Mit ihren spitzen Eckzähnen – manchmal sind es zwei, manchmal auch vier – beißen sie ihre Opfer in die Hauptschlagader am Hals. Einige bevorzugen die Ader am Unterarm in der Nähe des Handgelenkes.

Ob Menschen, die von Vampiren gebissen werden, selbst zu Vampiren werden, ist nicht ganz klar. Dazu gibt es ganz unterschiedliche Meinungen. Einige sagen, es komme darauf an, ob der Vampir das ganze Blut seines Opfers getrunken habe oder nur einen Teil. Andere meinen, das Opfer könne ein Mensch bleiben, wenn ihm nach dem Trinken Silbermünzen in den Mund gesteckt würden. Man weiß es nicht. Auf jeden Fall solltest du auf der Hut sein!

Doch nicht alle Vampire sind wahre Blutsauger. Es soll auch welche geben, die den Menschen auf magische Weise nach und nach die Lebenskraft rauben. Die Menschen werden schwächer und schwächer, blasser und blasser und sterben schließlich.

Bei Morgengrauen machen sich die Vampire auf den Heimweg, legen sich wieder in ihren Sarg und schließen den Deckel.

Vampirbande Teil I

Die Dreizack-Bande

Victoria und Helena sind Schwestern. Theodor – kurz Theo – ist ihr bester Freund. Zwar ist Theo kein richtiger Bruder von Victoria und Helena. Aber weil sie ihn so gern haben, bezeichnen sie ihn als Blutsbruder. Zusammen gehen die Drei durch dick und dünn. Deshalb haben sie auch eine Bande gegründet, die Dreizack-Bande. Die Idee für den Bandennamen hatte Victoria. Sie hatte mal auf einem Bild gesehen, dass der Teufel einen Stab mit drei Zacken in der Hand hält, und fand, dass er damit ganz schön gefährlich aussieht.

Victoria trägt immer einen Muff, weil sie angeblich so schnell kalte Finger kriegt. Fest steht, dass sie immer fiese Sachen oder Tiere darin versteckt, zum Beispiel eine Kröte mit viel Schleim oder eine Dose mit Spinnenbeinen, mit denen sie andere erschreckt. Ach ja, außerdem hat sie immer ein Buch mit Zaubersprüchen dabei – ganz schön praktisch, wenn die Dreizack-Bande mal in brenzlige Situationen gerät.

Da oben hängt Theo. Obwohl er erst 278 Jahre alt ist, wachsen ihm kaum noch Haare auf dem Kopf. Macht nichts: Jeden Abend nach dem Aufstehen kämmt er sie ordentlich in die Höhe und reibt etwas Glibber mit geriebenen Spinnennetzen hinein, damit sie schön hoch stehen. Wie das aussieht, hat Theo selbst noch nie gesehen, weil im Vampir-Badezimmer natürlich kein Spiegel hängt. Darin würden sich die Vampire ja sowieso nicht sehen können. Theo liebt übrigens Spinnen. Eine sitzt meistens in seinem breiten Kragen. Er hat sie Spiderman genannt.

Helena ist Fledermaus-Expertin. Ihr größter Schatz ist Fledder, die kleine Fledermaus, die immer an ihrem Finger baumeln und sogar in ihrem Sarg schlafen darf. Was Helena sonst noch in ihrem Hut versteckt, weiß niemand so genau. Auf jeden Fall nimmt sie ihn schon seit 149 Jahren nicht einmal zum Schlafen ab. Ihr Sarg musste daher in der Schreinerei umgebaut werden.

Unheimliche Jahrhunderte

Die ersten Vampire

Der erste Vampir soll ein einfacher Bauer gewesen sein. Er hieß Jure Grando und lebte vor ca. 400 Jahren in Kroatien, im Südosten von Europa, in einem kleinen Dorf mit dem damaligen Namen Kringa. Dort soll er 20 Jahre nach seinem Tod aus seinem Grab gestiegen sein und anschließend die Menschen in dem Ort als Vampir in Angst und Schrecken versetzt haben.

Vampire könnten aber auch schon viel früher ihr Unwesen getrieben haben. Vor ungefähr 1000 Jahren lebte im Nordwesten des damaligen Großrussland ein Fürst mit dem Namen Upir Lichyi. Das Wort Upir wurde damals ebenfalls für einen Vampir benutzt. Es bezeichnete ein geflügeltes, hexenartiges Wesen. In Westrussland gibt es noch heute Orte, die Upiry und Upirow heißen. Ihre Bewohner behaupten, von Vampiren abzustammen.

Obwohl es auf der ganzen Welt Geschichten über Vampire gibt, stammen die meisten Erzählungen und Berichte aus Südosteuropa. Tödliche Krankheiten, Missernten, Viehsterben und andere schlimme Dinge, die sich die Menschen nicht erklären konnten, wurden Vampiren zugeschrieben. Sie standen – ähnlich wie der Teufel und die Hexen – für das Böse und stellten ein Gegenbild zu den Engeln dar, die die Menschen beschützen.

Nur die Mutigsten des Dorfes wagten es, das Grab eines mutmaßlichen Vampirs zu öffnen und nachzusehen, ob der Begrabene tatsächlich tot war. Wenn er noch ziemlich lebendig wirkte, mit einem geöffneten Auge in einer Ecke des Sargs hockte oder sogar Blut an seinem Mund klebte, sahen sie ihre Vermutung bestätigt – und die Existenz von Vampiren wieder einmal bewiesen. Was sie dann mit dem „Vampir" machten, kannst du auf den Seiten 24 und 25 nachlesen.

Bloß nicht entwischen lassen!

Doch wer verwandelte sich nach seinem Tod eigentlich in einen Vampir? Die Menschen gingen davon aus, dass es vor allem Verbrecher, zum Beispiel Diebe und Mörder, waren, aber auch alle, die irgendwie anders aussahen (Sommersprossen!) oder Sachen konnten, die andere nicht konnten, etwa Tees gegen schlimme Krankheiten aus Kräutern kochen.

Ihre Gräber wurden daher besonders präpariert. Damit die vermeintlichen Vampire genug im Sarg zu tun und damit keine Zeit hatten, das Grab zu verlassen, legten die Leute ihnen Netze mit vielen Knoten oder auch Erbsen, Mohnkörner und Sand hinein. Jedes Jahr sollten sie einen Knoten lösen oder eine Erbse essen. Wenn sie Lust hatten, konnten sie auch die Mohn- und Sandkörner zählen.

Diese Methode galt jedoch nicht als besonders sicher, da es ja sein konnte, dass die Vampire viel früher mit dieser Arbeit fertig waren, als ihre Angehörigen es gehofft hatten, oder dass sie sich gar nicht so sehr für diese Sachen interessierten.

Daher ging man in einigen Dörfern dazu über, die Särge mit möglichst vielen Eisennägeln fest zuzunageln. Denn alle Geister, davon war man überzeugt, hassten jede Form von Metall.

War der Sarg unter der Erde, rollte man einen großen, dicken, schweren Stein auf das Grab oder baute aus vielen kleineren Steinen einen Hügel. Jeder, der am Grab vorbeikam, legte einen weiteren Stein dazu, sodass der Hügel immer größer wurde.

Manchmal wurde auch ein Baum aufs Grab gepflanzt. Seine mächtigen Wurzeln sollten den Vampir unter der Erde festhalten.

So sehr sich die Menschen auch bemühten – immer wieder sollen Vampire in den ländlichen Gebieten Südosteuropas unterwegs gewesen sein und ihr Unwesen getrieben haben.

Die lieben Verwandten

Doch nicht nur Vampire haben die Menschen in Angst und Schrecken versetzt, sondern auch ihre unheimlichen Verwandten.

Werwölfe: Anders als Vampire sind sie lebendige Menschen. Hin und wieder verwandeln sie sich jedoch in Wölfe und schaden den Menschen, indem sie ihnen zum Beispiel die Lebenskraft rauben oder sie töten. Wenn ein Werwolf stirbt, ist er entweder erlöst oder er verwandelt sich in einen Vampir.

Wiedergänger: Das sind verstorbene Menschen, die in ihrem Grab keine Ruhe finden, weil sie vor ihrem Tod eigentlich noch etwas erledigen wollten, das aber nicht mehr geschafft haben. Darum stehen sie in Gestalt eines Geistes, Werwolfes oder Vampirs aus ihren Gräbern auf, um sich zum Beispiel an jemandem für irgendetwas zu rächen oder Verwandte unsanft daran zu erinnern, ein Versprechen einzulösen.

Nachzehrer: Sie liegen in ihren Gräbern und kauen und schmatzen an ihrem Hemd herum. So rauben sie ihren noch lebenden Verwandten nach und nach die Lebenskraft, bis sie auch sterben.

Alles nur Aberglaube?

Vor nicht ganz 100 Jahren haben Wissenschaftler eine mögliche Erklärung dafür gefunden, warum in den Jahrhunderten davor so viele Menschen angeblich Opfer von Vampiren oder deren Verwandten wurden. Es könnte – neben anderen möglichen Ursachen – etwas mit der Ernährung zu tun gehabt haben.

Im 15. Jahrhundert brachten Seefahrer Mais aus Mexiko mit. Schnell stellte sich heraus, dass dieses Getreide auch in Europa gut gedieh. Da es billig war, wurde es zum Hauptnahrungsmittel der armen Landbevölkerung Südosteuropas.

Die Bauern bereiteten die Maiskörner genauso zu, wie sie es von einheimischen Getreidesorten kannten. Sie wussten nicht, dass es wichtig ist, die Körner in Kalkwasser einzuweichen, wie man es in Mexiko macht. Der Kalk bewirkt, dass ein lebenswichtiges Vitamin aus dem Mais gelöst wird. Und so erkrankten die Menschen in Europa an Pellagra, einer Vitamin-Mangelkrankheit.

Die führte dazu, dass die Menschen nachts nicht mehr schlafen konnten, kein Sonnenlicht vertrugen, aggressiv, später verwirrt und dann immer schwächer wurden, bis sie schließlich starben. Und da ja meist die ganze Familie das Gleiche aß, starben schließlich alle Mitglieder.

Vampir-Abwehr

Vampire in die Flucht schlagen

Ein Kampf gegen Vampire ist äußerst gefährlich, denn sie sind ja nicht nur besonders stark, sondern können sich auch sehr schnell von ihren Verletzungen erholen. Außerdem können Vampire auf natürlichem Wege nicht sterben. Dennoch gibt es ein paar Methoden, mit denen du Vampire in die Flucht schlagen kannst.

Wenn du einem Vampir begegnest, solltest du immer Knoblauch und ein Kreuz zur Hand haben. Denn Knoblauch können Vampire im wahrsten Sinne des Wortes nicht riechen und vor Kreuzen haben die Untoten höllische Angst.

Wenn du also nicht nachts von einem Vampir im Schlaf überrascht werden willst, dann häng etwas Knoblauch in dein Zimmer. Du kannst dir auch eine Kette aus Knoblauch basteln und um deinen Hals hängen. So schläfst du garantiert sicher.

Solltest du trotzdem einem Vampir begegnen, dann helfen alle Formen von Kreuzen zur Abschreckung. Dazu kannst du zum Beispiel zwei Finger, Buntstifte oder Lineale über Kreuz halten. Dann wird dir der Vampir mit Sicherheit nicht zu nahe kommen.

Da Vampire kein helles Licht vertragen, kannst du sie auch in die Flucht schlagen, indem du alle Lampen anschaltest und den Vampir mit einer grellen Taschen- und Schreibtischlampe blendest.

Wenn du einmal vor einem Vampir davonlaufen musst, dann suche am besten Wasser auf. Denn Vampire haben Angst vor Wasser. Vor allem an Flüssen bist du vor ihnen in Sicherheit. Im Gegensatz zu dir sind sie nämlich nicht in der Lage, ein fließendes Gewässer zu überqueren.

Wie man Vampire endgültig erledigt

Es gibt nur ganz wenige Methoden, mit denen man einen Vampir tatsächlich vernichten kann. Am riskantesten ist diese: Du kannst versuchen, ihn bis zum Morgengrauen in ein Gespräch zu verwickeln. Sobald draußen die Sonne scheint, öffnest du die Fenster und lässt den Sonnenschein herein. Die meisten Vampire zerfallen dann zu Staub. Manchen wird vom Sonnenlicht jedoch nur schlecht. Darum gilt diese Methode als nicht besonders sicher.

Eine weitere Möglichkeit besteht darin, einen Holzpflock mitten durch das Herz des Vampirs zu stoßen. Aber Vorsicht! Bei einigen Vampiren soll dieses sogenannte Pfählen nur zu einer Totenstarre führen. Wenn jemand den Pflock wieder aus dem Herz des Vampirs herauszieht, kann der Untote wieder zum „Leben" erwachen. Also auch keine sichere Methode.

Um wirklich sicher – totsicher! – zu gehen, überlässt du den Vampir, den du mit Knoblauch und Kreuzen verjagt hast, einem professionellen Vampirjäger. Er hat eine riesige Bibliothek und kennt sich mit allen Details bestens aus. Er weiß genau, wie die verschiedenen Vampire zur Strecke gebracht werden können. Außerdem hält er die richtigen Werkzeuge und Mittel bereit.

Vampirjäger sind auf der ganzen Welt unterwegs – natürlich immer erst nach Einbruch der Dunkelheit. Die Wahrscheinlichkeit, dass ein Vampir auf einen Vampirjäger stößt, ist daher sehr hoch.

Vampirjäger sind übrigens leicht zu erkennen: Sie tragen stets eine Knoblauchkette um ihren Hals, sind mit einer Hand voll Holzpflöcken ausgestattet und haben immer einen Spaten bei sich.

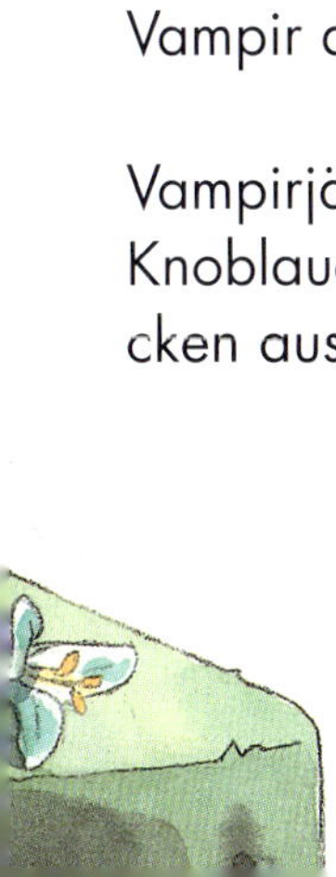

Vampir-Bande Teil II

Vorsicht, Vampire!

Die drei Vampire der Dreizack-Bande lieben es, den Menschen einen gehörigen Schrecken einzujagen. Dabei ist jeder Spezialist auf einem bestimmten Gebiet:

Victorias Vorliebe ist es, mit ihrem Umhang zu flattern, um dann plötzlich zu verschwinden und an anderer Stelle wieder aufzutauchen. Manchmal lässt sie auch die Menschen, die sie ärgern will, ein Stückchen durch die Luft fliegen und unsanft wieder landen. Die richtigen Zaubersprüche dazu stehen in ihrem Buch.

Helena lässt gern kurz ihre spitzen Eckzähne aufblitzen. Besonders gruselig sehen sie aus, wenn sie sie von unten mit ihrer kleinen Taschenlampe anstrahlt. Wer sich dann immer noch nicht fürchtet, muss damit rechnen, dass Helena ihre Fledermaus Fledder um die Köpfe ihrer Opfer kreisen lässt. Spätestens jetzt läuft ihnen ein kalter Schauer über den Rücken.

Und Theos Spezialität ist es, sich unbemerkt kopfüber an die Decke zu hängen wie eine Fledermaus, um dann wie ein Blitz herunterzuschießen, sodass alle zusammenzucken. Hin und wieder steckt er auch Spiderman, seine Spinne, in die Pullis der Menschen und lacht sich schlapp, wenn sie dann kreischend umherhüpfen.

Außerdem lassen sich die Drei immer etwas Neues einfallen. Einmal sind sie nachts in eine Druckerei geflogen und haben mit schwarzer Farbe dicke Fledermäuse auf die neueste Ausgabe der Tageszeitung gemalt.

Im Zoo waren sie auch schon. Da haben sie die Fledermäuse freigelassen. Und in der Praxis des Kieferorthopäden haben sie sich neue, lustige Zähne gebastelt.

Der Besitzer des Supermarktes unten im Dorf hat nicht schlecht gestaunt, als er eines Morgens einen Blick ins Obstregal warf: Alle Blutorangen waren leer gesaugt!

Berühmte und echte Vampire

Graf Dracula

Der bekannteste Vampir ist Graf Dracula. Er wird auch „Fürst der Dunkelheit" genannt. Er soll in Transsilvanien, im heutigen Rumänien, gelebt haben. Dracula ist die Hauptfigur im Buch des Iren Bram Stoker, das 1897 erschienen ist.

Der Schriftsteller hatte sich schon einige Jahre lang mit mystischen Dingen, Sagen und Legenden beschäftigt, als er auf eine Person stieß, die es tatsächlich gegeben hat: Fürst Vlad II. Draculea, der vor über 500 Jahren in der Walachei (heute ebenfalls Rumänien) gelebt und regiert hat. „Dracu" bedeutet „Drache", aber auch „Teufel".

Vlad Draculea war ein grausamer Herrscher, doch sein Sohn, Vlad Tepes, soll noch schlimmer gewesen sein. „Tepes" heißt übersetzt „Pfähler". Denn Vlad Tepes soll seine Feinde bei lebendigem Leibe auf Pfähle gespießt und anschließend ihr Blut getrunken haben. Angeblich hat er auf Schloss Bran gewohnt, das als Draculaschloss noch heute jedes Jahr viele Besucher anzieht.

Im Buch von Bram Stoker wird Dracula als ein eleganter und beeindruckender Fürst von edler Abstammung beschrieben. Doch er ist nun mal auch ein Vampir mit blasser Haut, spitzen Zähnen und auffallend roten Lippen – ein Vampir, der am Tag in seinem Sarg schläft und nachts seinen Durst nach Blut stillt.

Draculas Gegenspieler ist ein niederländischer Lehrer und Gelehrter: Professor Abraham van Helsing weiß alles über Vampire und die Möglichkeiten, wie man sie vernichten kann. Kein Wunder, dass van Helsing bis heute als der berühmteste Vampirjäger gilt.

Nosferatu

Ein weiterer bekannter Vampir ist Nosferatu. Er wurde bekannt durch den deutschen Horrorfilm „Nosferatu – Eine Symphonie des Grauens" von Friedrich Wilhelm Murnau. Der Film wurde vor über 80 Jahren gedreht. Damals hatten die Filme weder Farben noch Töne, sie waren also stumm und schwarz-weiß.

Die Geschichte in „Nosferatu" ist ähnlich wie die Handlung in Bram Stokers Buch. Der Graf heißt jedoch nicht Dracula, sondern Orlok und unterscheidet sich auch sonst deutlich von seinem eleganten Kollegen.

Er trägt Lumpen, hat eine Glatze und einen Buckel. Außerdem ist er ziemlich hässlich und kann kaum sprechen. Graf Orlok hat auch keine langen Eckzähne. Seine Schneidezähne sind angespitzt wie lange Streichhölzer.

Während Draculas Zähne an einen Wolf erinnern, sieht Orlok eher wie eine Ratte aus. Das ist kein Zufall. Die Ratte war vor etwa 600 Jahren mitverantwortlich für die Verbreitung einer schlimmen, ansteckenden Krankheit, der Pest. Und viele Menschen glaubten damals an einen bösen Geist. Dieser Dämon hieß „Nosophoros" und wurde der „Pestbringer" genannt.

Aus Nosophoros wurde schließlich Nosferatu. Angeblich war Nosferatu nur der Name für eine besondere Art von Vampiren. Doch durch den Film wird Nosferatu immer mit dem Grafen Orlok gleichgesetzt. Weil „No" im Englischen und Lateinischen „nein" oder „nicht" bedeutet, steht Nosferatu auch für das Wort „Untoter".

Der kleine Vampir

Viel friedlicher als Graf Dracula und Nosferatu ist der kleine Vampir, über den die Schriftstellerin Angela Sommer-Bodenburg viele spannende Bücher geschrieben hat. Darin geht es um die Freundschaft zwischen dem neun Jahre alten Anton Bohnsack und dem Vampirkind Rüdiger von Schlotterstein. Anton liebt Gruselgeschichten – besonders über Vampire – und so freundet er sich schnell mit Rüdiger an, als der ihn überraschend besucht.

Antons Eltern dürfen jedoch nicht herausfinden, dass Rüdiger ein Vampir ist, denn sie glauben nicht an Vampire. Antons Vater schickt seinen Sohn zu dem Psychiater Dr. Jürgen Schwartenfeger, damit dieser Anton von seinem Vampirglauben „heilt". Doch der Psychiater glaubt selbst an Vampire und hat sogar ein Konzept entwickelt, mit dem er Vampiren die Angst vor Sonnenlicht nehmen will.

Mit der Zeit lernt Anton sowohl Rüdiger als auch die weiteren Mitglieder seiner Familie besser kennen. Rüdiger selbst ist mit elf Jahren zum Vampir geworden. Seine jüngere Schwester Anna ist wie Anton neun Jahre alt – und kräftig in ihn verknallt. Sie hat noch keine richtigen Vampirzähne und muss sich deshalb noch von Milch ernähren.

Rüdigers älterer Bruder Lumpi, genannt „der Starke", wurde mit 15 Jahren zum Vampir. Er macht sich manchmal einen Spaß daraus, Anton in Angst und Schrecken zu versetzen.

Dann ist da noch Rüdigers Tante Dorothee von Schlotterstein-Seifenschwein. Ihr Ehemann, Onkel Theodor, wurde vom Friedhofswärter Geiermeier vernichtet.

Hans-Heinrich Geiermeier ist der Bösewicht. Geiermeier, der immer viel Knoblauch isst und entsprechend danach riecht, will alle Vampire auf dem Friedhof vertreiben und den alten verwilderten Teil in eine Gartenlandschaft umwandeln.

Und so werden Anton und seine Vampirfreunde in viele spannende Abenteuer verwickelt.

1
2
3

Graf Zahl

Es gibt noch einen anderen sehr berühmten Vampir, der hier natürlich auch erwähnt werden soll. Die Rede ist von Graf Zahl, den du vielleicht aus der Fernsehserie „Sesamstraße" kennst.

Graf Zahl wohnt in einem alten Schloss mit alten Möbeln, Kronleuchtern, Kerzen und jeder Menge Spinnweben. Gesellschaft leisten ihm Feldermäuse, die immer wieder um ihn herumfliegen.

In seinem schwarzen Smoking und dem dunkelgrün schimmernden Umhang tritt der Graf stets sehr gepflegt auf. Oft wirkt er jedoch etwas durcheinander und verwirrt. Das liegt daran, dass er immerzu zählen muss – zum Beispiel die flatternden Fledermäuse. Es können aber auch irgendwelche anderen Sachen in seinem Schloss sein, zum Beispiel die Knochen eines Skelettes, Regentropfen, Knöpfe und vieles mehr.

Wenn der Graf zu Ende gezählt hat, lacht er laut auf. Zudem zucken im Hintergrund Blitze und es ertönt ein triumphaler Donner. Hast du schon einmal gemeinsam mit Graf Zahl etwas gezählt?

Im Englischen heißt Graf Zahl übrigens „The Count". In der englischen Sprache bedeutet „count" sowohl zählen als auch Graf. Dass der Graf so gern zählt, könnte etwas mit dem Volksglauben zu tun haben, dass Vampire einem Zählzwang unterliegen.

Vampirfledermäuse

Es soll ja Vampire geben, die sich in Fledermäuse verwandeln. Auf jeden Fall gibt es aber Vampirfledermäuse. Sie leben hauptsächlich in Südamerika, einige auch im Süden der USA, in Texas. Wie ihre untoten Verwandten ernähren sie sich ausschließlich von Blut.

Es gibt drei verschiedene Arten:

- den Gemeinen Vampir, der auch Große Vampirfledermaus genannt wird
- den Kammzahnvampir
- den Weißflügelvampir

Die Gemeinen Vampire ernähren sich zum größten Teil von Rinderblut. Die beiden anderen Arten haben sich eher auf Vögel als ihre Opfer spezialisiert. Pro Jahr kommen etwa 100 000 Rinder durch Bisse der Gemeinen Vampire ums Leben. Die Rinder sterben sehr häufig an Tollwut. Das ist eine Krankheit, die durch die Vampire übertragen wird.

Immer wieder werden auch Menschen von den Gemeinen Vampiren angefallen. Auch für die Menschen können die Vampirbisse vor allem durch die Tollwut-Gefahr tödlich sein. Im Jahr 2004 sind in Brasilien 22 Menschen nach einem Angriff von Vampirfledermäusen an Tollwut gestorben.

Und so gelangen Vampirfledermäuse an das Blut ihrer Opfer: Zunächst schlecken sie die ausgesuchte Körperstelle ab und betäuben sie dabei mit ihrer Spucke. Dann reißen sie die Haare oder bei Vögeln die Federn aus der Haut. Nun beißen sie mit ihren scharfen Zähnen ein Stück der Haut heraus und lecken das Blut auf oder saugen es durch die Rillen auf der Unterseite ihrer Zunge.

Pro Mahlzeit trinken die Vampire etwa 20 ml Blut. Das ist ungefähr so viel, wie in ein Schnapsglas passt. Solange die Wunde offen ist, suchen die Vampirfeldermäuse ihr Opfer mehrmals auf. Sie erkennen es an seinen Atemgeräuschen.

Vampirfledermäuse haben auch noch andere Verhaltensweisen, die an Vampire erinnern. Sie jagen zum Beispiel nur in der Nacht. Am Tag schlafen sie in dunklen Höhlen oder hohlen Bäumen, Schächten oder verlassenen Gebäuden.

Außerdem haben Vampirfledermäuse im Vergleich zu anderen Fledermäusen erstaunlich kräftige Hinterbeine. Damit können sie nicht nur auf dem Boden laufen oder hüpfen, sondern sogar senkrechte Wände hochklettern.

Faszinierende Tiere

Fledermäuse können sich mit dem Kopf nach unten an einer Zehenkralle aufhängen. Dazu brauchen sie keine Muskelkraft. Denn sie besitzen einen sogenannten Sehnensperrmechanismus. Dieser Mechanismus wirkt auch dann noch, wenn die Fledermäuse gestorben sind. So kann es dir passieren, dass du hängende Fledermäuse entdeckst, die schon lange tot sind.

Bis auf ihre Ess- bzw. Trinkgewohnheiten sind Vampirfledermäuse allerdings sehr friedlich. Sie leben in Gruppen von bis zu 100 Tieren und kümmern sich um ihre Freunde und Verwandten. So teilen die Tiere zum Beispiel ihre Mahlzeiten untereinander und geben einen Teil des erbeuteten Bluts an weniger erfolgreiche Jäger ab.

Die Vampirfledermäuse können für den Menschen auch nützlich sein. In ihrer Spucke befindet sich ein Stoff, der dafür sorgt, dass das Blut nicht gerinnt, also flüssig bleibt und nicht fest wird. Dieser Stoff kann den Menschen als Medizin gegen Herzinfarkte und Schlaganfälle helfen.

Neben dem Gemeinen Vampir, dem Kammzahnvampir und dem Weißflügelvampir zählt auch der Fruchtvampir zu den Vampirfledermäusen. Die Fruchtvampire weisen zwar äußerliche Ähnlichkeiten auf, ernähren sich aber hauptsächlich von Früchten.

Der Mythos von Vampiren trägt im wahrsten Sinne des Wortes auch sonderliche Blüten. So heißt eine sehr schöne Blumenart Dracula-Orchidee. Diese Blume, die wie die meisten Vampirfledermäuse ihren Lebensraum in Südamerika hat, verträgt kein direktes Sonnenlicht und fühlt sich im Schatten am wohlsten.

Und stell dir vor: Auch eine Spinne ist nach dem Grafen Dracula aus dem Buch von Bram Stoker benannt. Diese Spinne trägt den Namen Draculoides bramstokeri.

Fledermäuse finden sich übrigens im Dunkeln prima zurecht. Dazu stoßen sie Geräusche aus, die so hoch sind, dass Menschen sie nicht hören können. Hindernisse und sogar kleinste Beutetiere erkennen sie am zurückgeworfenen Schall.

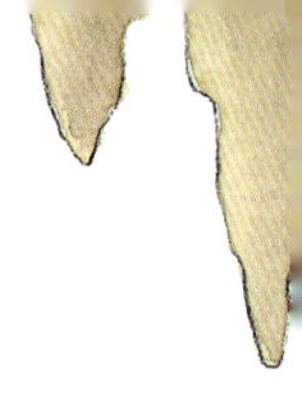

Vampir-Quiz

So, jetzt hast du eine ganze Menge über Vampire erfahren. Aber hast du auch alles behalten? Beim Vampir-Quiz kannst du dich selbst auf die Probe stellen. Kennst du die richtigen Antworten?

Frage: Was trinken Vampire am liebsten?

a) Sekt
b) Blut
c) Milch
d) Tomatensaft

richtige Antwort: b

Frage: Wie heißt der bekannteste Vampir?

a) Lord Dragomir
b) Prinzessin Sissy
c) Doktor Jekyll
d) Graf Dracula

richtige Antwort: d

Frage: Wo leben die Vampirfledermäuse hauptsächlich?

a) in Südamerika
b) in Afrika
c) in Europa
d) in Asien

richtige Antwort: a

Frage: Was sehen Vampire, wenn sie sich im Spiegel betrachten?

a) einen Frosch
b) nichts
c) eine Prinzessin
d) sich selbst

richtige Antwort: b

Frage: Der erste Vampir soll vor etwa 400 Jahren gelebt haben. Wie hieß er und welchen Beruf hatte er?

a) Jule Grande/Balletttänzerin
b) Marlon Brando/Schauspieler
c) Jure Grando/Bauer
d) Juri Gandalf/Zauberer

richtige Antwort: c

Frage: Woran hängen sich Vampirfledermäuse mit dem Kopf nach unten auf?

a) an einem Haken
b) an einem Finger
c) an einem Flügel
d) an einer Zehe

richtige Antwort: d

Frage: Was macht Vampiren keine (!) Angst?

a) Sonnenlicht
b) Knoblauch
c) Holzpflöcke
d) Kerzenschein

richtige Antwort: d

Frage: Welche Blumenart ist nach Graf Dracula benannt?

a) Rose
b) Orchidee
c) Tulpe
d) Sonnenblume

richtige Antwort: b

Frage: Was können Vampire nicht?

a) Wasser überqueren
b) Wände hochlaufen
c) sich verwandeln
d) sich unsichtbar machen

richtige Antwort: a

Frage: Ein weiterer bekannter Vampir ist Nosferatu. An welches Tier erinnert Nosferatu?

a) an einen Wolf
b) an eine Fledermaus
c) an eine Ratte
d) an ein Einhorn

richtige Antwort: c

Frage: Wo schlafen Vampire?

a) im Bett
b) im Sarg
c) Vampire schlafen nicht
d) in einer Hängematte

richtige Antwort: b

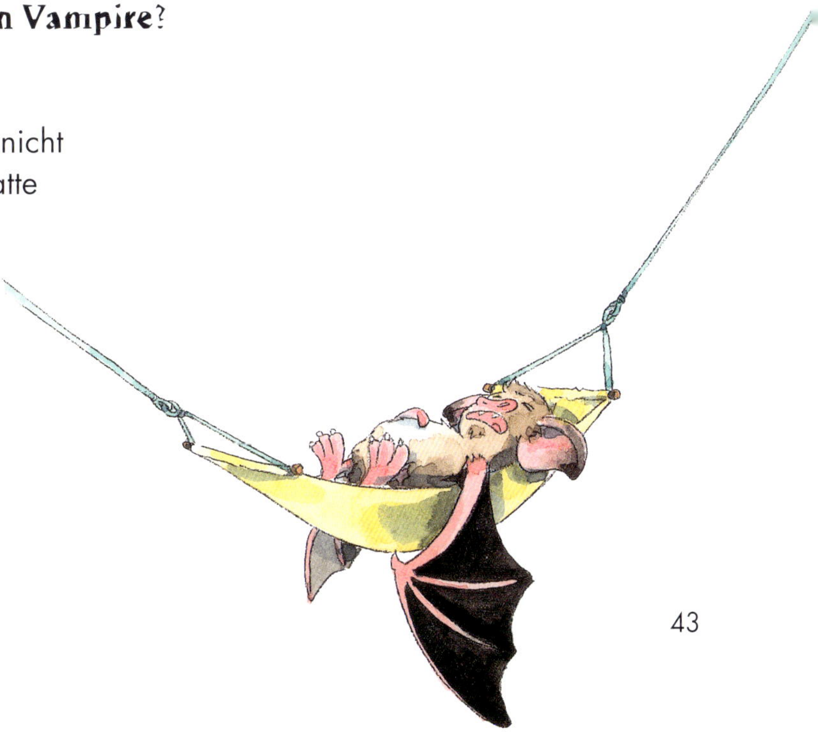

Vampir-Bande Teil III

Auf Schloss Gruselburg

Victoria und Helena wohnen in einem großen Schloss, das der Familie schon seit mehreren hundert Jahren gehört. Die beiden und auch Theo lieben das riesige Anwesen, weil es dort immer etwas Neues zu entdecken gibt, zum Beispiel Zimmer, in denen schon lange niemand mehr war. In anderen dagegen ist immer was los – wie in der Küche.

Über dem Tisch hängt ein Kronleuchter mit Kerzen. Die Spinnweben dazwischen sind mindestens 100 Jahre alt.

Der Kühlschrank ist aus Stein. Darin stehen Flaschen mit frischem Blut. Und auf einem Teller liegt ein großer Kringel feinster Blutwurst. In der Schüssel daneben ist roter Wackelpudding. Auf den freuen sich Helena, Victoria und Theo schon ganz besonders.

Die Blutorangen im Körbchen auf dem Tisch sind für Tante Liesbeth. Sie ist Vegetarierin und kommt bald zu Besuch.

Damit neugierige Nachbarn nicht durch die Fenster ins Schloss blicken können, dürfen Spinnen Netze vor die Scheiben spinnen. Wenn erst einmal viel Staub darauf liegt, sind das die besten Gardinen.

Deko darf auch in einem Vampirschloss nicht fehlen. Darum basteln Victoria und Helena aus Tonpapier Fledermäuse, Kröten, schwarze Katzen und Spinnen und hängen sie als Girlanden über den Tisch oder in die Fenster.

Im Keller des Schlosses ist es ziemlich leer. Hier steht nur altes Gerümpel herum. Denn eine Waschmaschine, eine Wäscheleine oder einen Trockner brauchen die Vampire hier nicht. Sie tragen ihre Anziehsachen ein paar Jahrhunderte und sehen dann weiter.

Im großen Saal sind die Särge angeordnet. In den frühen Morgenstunden, wenn die erwachsenen Vampire von ihren nächtlichen Ausflügen zurückgekehrt sind, machen sie es sich auf den Deckeln gemütlich und quatschen noch ein bisschen bei einem Gläschen Blut. Bevor die Sonnenstrahlen durch die Spinnennetze dringen, legt sich jeder in seinen Sarg und schließt den Deckel.

Schaurig-schöne Geschichten

Diebe nicht erwünscht

In einem Affentempo fliegt Luna, die Fledermaus, in die alte Kapelle. Dort wohnt ihr Freund Paul, ein Vampir. „Paul, Paul, da draußen sind Einbrecher!"

Vor Schreck verschüttet Paul seine Blutkonserve. Er war gerade beim Frühstück. „Bei Draculas Eckzahn!", ruft Paul. „273 Jahre war kein Mensch mehr in dieser Kapelle. Wer wagt es jetzt, sie zu betreten?"

„Die wollen den Schatz klauen", flüstert Luna. „Du musst sie beißen, Paul!" „Das geht nicht", antwortet Paul. „Ich kann Einbrecher nicht riechen! Das habe ich von Mama geerbt." „Aber erschrecken kannst du sie", drängelt Luna.

Erschrecken – das ist Pauls Spezialität! In Windeseile schiebt er die Schatztruhe neben seinen Sarg. Dann legt er sich in den Sarg. „Luna", flüstert Paul, „pack das Glitzerzeug auf mich drauf! Nur die Kreuze nicht! Sonst wird mir übel." Vampire hassen Kreuze. Davon fallen sie in Ohnmacht. Luna muss sich beeilen. Die Einbrecher sind gleich da.

Schon öffnen sie die schwere Eichentür. Im Schein der Taschenlampe funkeln die schönsten Dinge. Goldene Kerzenhalter, Teller und Becher, mit Edelsteinen besetzt, und unzählige Münzen. Gierig wühlen die Einbrecher mit beiden Händen im Sarg herum.

Darauf hat Paul nur gewartet. Mit einem Satz springt er hoch und ruft mit grollender Stimme: „Wer wagt es, Paul, den Vampir, zu stören?" Auf der Stelle lassen die Einbrecher Gold und Silber fallen. Schreiend ergreifen sie die Flucht.

„Sofort Fenster auf und lüften!", ruft Paul erleichtert. Und Luna lacht: „Im Gräberspringen sind die gar nicht so schlecht!"

Ulrike Kaup

Familie V. zieht um

„So, es ist Zeit. Kommt alle Zähne spitzen!", rief die Vampirmutter. Aus dem Hintergrund kreischte eine Stimme: „Der Vico hat schon wieder meinen Zahnspitzer genommen!" „Hab ich nicht!", schimpfte es zurück. „Aber wo ist er dann?" Kurzum, es war ein ganz gewöhnlicher Morgen in der Vampirfamilie. Seufzend klappte die Vampirmutter die Särge auf, dann klatschte sie in die Krallenhände. „Los jetzt! Soll euch etwa die Sonne treffen? Bis man euch morgens alle im Sarg hat! Schlimmer als ein Sack Spinnen."

Eben kam Papa durch die Fensterluke, ließ seinen Fledermantel auf den Boden fallen und zog die weißen Handschuhe aus. „Puh, das war anstrengend. Aber es hat sich gelohnt. Lauter frische junge Menschen in dem Zeltlager hinterm Wald. Und im Sommer lassen sie ihre Zelteingänge offen. Man braucht nur zuzubeißen." „Oh, dann ziehe ich auch noch mal los", sagte Mama. „Du kannst ja inzwischen die Kinder in den Sarg bringen."

Und ehe Papa etwas von einem gemütlichen Feiermorgen knurren konnte, umringten ihn fünf putzmuntere Jungvampire. „Papa, erzähl uns noch was!" „Na gut", seufzte Papa. Er erzählte das Märchen von Schlawittchen und den sieben Särgen und dann noch die schlimme Geschichte von Tante Victoria, die hörten die Kinder immer wieder gern.

Wie ein gemeiner Vampir sie einmal böse hereingelegt hatte. Er schmuggelte nämlich eine weiße Steinfigur in ein Bett hinter einem offenen Fenster. Tante Victoria biss kräftig zu – und zack! – brachen ihre schönen spitzen Blutzähne ab. Ein halbes Jahr lang musste sie Blut aus der Flasche durch einen Trinkhalm trinken – eine Schande für jeden Vampir.

„Aber jetzt ist Schluss für heute, ab in den Sarg! Und vergesst nicht, von innen zuzuriegeln. Dass mir keiner den Deckel hochhebt, bevor der Wecker geklingelt hat! Ihr wisst ja, wie lebensgefährlich schon ein einziger Sonnenstrahl ist." Und bald herrschte Ruhe in dem prächtigen Vampirschloss.

War es wirklich ein prächtiges Vampirschloss? Ach nein, die Kinder glaubten das, aber es war nur eine alte Fabrik, um die schon meterhoch das Unkraut wuchs. Was soll's? Auch darin kann man ganz gut leben. Mutter Vampir achtete streng auf Reinlichkeit. Sie duldete nirgends Blutflecken und die Särge waren immer blankgeputzt.

Als alle schon in tiefem Schlaf lagen, war auf einmal ein dumpfes Dröhnen zu hören, das näher zu kommen schien. Die Vampirkinder wurden davon nur kurz wach und drehten sich dann auf die andere Seite. Aber die Eltern lauschten aufgeschreckt nach draußen. Was war hier los?

Jetzt hörten sie die schwere Eisentür des Schlafzimmers kreischen und konnten verstehen, was zwei Männerstimmen redeten: „Donnerwetter, wie kommen denn die hierher? Die sind ja funkelnagelneu!", sagte der eine. Und der andere meinte: „War hier vielleicht das Sarglager einer Beerdigungsfirma? In so einer abbruchreifen Fabrik?" Und wieder der andere: „Du, die sind bestimmt was wert, die bringen wir erst mal weg. Wär doch schade, wenn gleich der große Bagger kommt und sie mit kaputt macht."

Äußerst besorgt hörten die Vampireltern dieses Gespräch mit an. Aber sie waren ja machtlos in ihren Särgen und konnten auf keinen Fall hinaus. Draußen strahlte inzwischen die Sonne vom Himmel – höchste Lebensgefahr! Zum Glück waren die Särge so fest verschlossen, dass auch die Männer der Abbruchfirma sie nicht öffnen konnten.

Jetzt rumpelte und wackelte es so heftig, dass auch die Vampirkinder wach wurden und in ihren Särgen vor Angst zitterten. Es fühlte sich an, als ob man sie auf irgendeinem Fahrzeug abtransportierte.

Dann herrschte Stille. Wo waren sie?

Wieder hörten sie Stimmen. „Auf keinen Fall!", rief eine Frau aufgeregt. „Die will ich hier nicht haben. Bringt sie sofort wieder weg! Seht ihr nicht, wie unheimlich sie glänzen?" „Ach, du fantasierst", antwortete jemand. „Was soll daran unheimlich sein? Das sind eben Särge, weiter nichts." „Nein, die dürfen hier keine Stunde bleiben. Sie bringen Unglück, das hab ich im Gefühl. Weg damit!" „Aber wohin?" „Wisst ihr was? Holz schwimmt doch!" „Was meinst du damit? Ach so, ja, gute Idee."

Danach begann wieder das Rumpeln und Holpern und auf einmal – was war das? Die Vampire fühlten sich sanft gewiegt und geschaukelt, als ob ihre Schlafsärge zu Booten geworden wären und auf den Wellen dahintrieben. Die Kinder konnten sich keinen Reim darauf machen, aber die Eltern ahnten, dass sie sich auf einem Fluss befanden.

Nach einigen Stunden gab es einen sanften Ruck und das Schaukeln war zu Ende. Eben klingelten auch die sieben Wecker in den Särgen. Sieben Deckel hoben sich vorsichtig, sieben ängstliche Vampirgesichter schauten in die Dunkelheit. Und was stellten sie fest? Sie waren mitten im Fluss am Ufer einer Insel gelandet.

„Sind wir hier im Urlaub?", staunten die Kinder. „So ungefähr", sagte Mama. „Vielleicht bleiben wir auch hier wohnen, wenn es uns gefällt." Und Papa fügte hinzu: „War das nicht eine schöne Überraschung mit dieser Flussfahrt?" Sie durchstöberten nun gemeinsam die Insel und entdeckten ein verfallenes Kloster mit einem tiefen Kellergewölbe darunter. Herrlich! Eine neue Wohnung, viel passender als die alte Fabrik. Mutter Vampir fing gleich an zu fegen und zu wischen und nach wenigen Tagen fühlten sich alle zu Hause.

Das hörte sich dann so an: „Mama, erzählst du uns das Märchen von den Bremer Stadtvampiren?“ „Nein, lieber was Gruseliges. Wie Opa in den Knoblauchkorb fiel.“ „Papa, was passiert eigentlich, wenn man einen Besoffenen beißt?“ „Macht, dass ihr in den Sarg kommt, in zehn Minuten geht die Sonne auf!“ Kurzum, es war ein ganz gewöhnlicher Morgen in der Vampirfamilie.

Christa Wißkirchen

Das Gruselschloss in den Karpaten

„Im Urlaub früh ins Bett müssen, ist doof", meint David zu seinem Freund Lukas, mit dem er das Hotelzimmer teilt. „Wir machen jetzt heimlich eine Nachtwanderung", schlägt Lukas vor, „lass uns die Mädchen holen und dann nichts wie los." Sie gehen ins Zimmer nebenan, wo Anna und Lea schlafen. Die sind noch wach und von der Idee sofort begeistert. Ganz leise, damit die Eltern sie nicht hören, schleichen sich die vier Freunde aus dem Hotel. „Das ist eine richtige Mutprobe", flüstert Lukas begeistert, „lasst uns in den Wald gehen."

Im tiefen Wald ist es ganz finster. Plötzlich ertönt ein klagendes „Uhuu!" direkt an Annas Ohr. „Was war das?", schreit sie entsetzt. „Angsthase", meint David, „das war nur ein Käuzchen." Die vier gehen weiter. Da spürt Lea, wie sie etwas am Fuß festhält und schon fällt sie hin. „Hilfe!", ruft sie, „ein Gespenst hat mich gepackt." „Du bist über eine Wurzel gestolpert", sagt Lukas. Er tut so, als würden ihm die Mädchen auf die Nerven gehen, in Wirklichkeit ist ihm jedoch auch ein bisschen mulmig zumute. „Lasst uns zurück ins Hotel gehen", meint er dann, „mit Mädchen kann man einfach kein Abenteuer erleben."

Die Freunde drehen um. „Komisch, der Hinweg ist mir gar nicht so lang vorgekommen", meint Lea nach einer Weile. „Reine Einbildung", antwortet David. „Dort zwischen den Bäumen sind die Lichter vom Hotel schon zu sehen." Aber als sie näher kommen, stehen sie nicht vor dem Hotel, sondern vor einem großen Schloss mit hell erleuchteten Fenstern.

Am Tor begrüßt sie ein Mann im eleganten schwarzen Frack. „Ich habe euch schon erwartet", sagt er, „kommt herein, das Abendessen steht auf dem Tisch." Zögernd treten die Freunde ein. Der Schlossherr bringt sie in einen riesigen Saal. Dort serviert er ihnen einen köstlichen Braten mit Knödeln und leckerer Soße. „Wollen Sie nichts?", fragt Lukas den Schlossherrn mit vollem Mund. „Ich werde später essen", antwortet der und sieht die Vier seltsam lächelnd an.

„Wir müssen zurück ins Hotel", sagt Anna nach dem Essen. „Der Weg ist viel zu weit und zu gefährlich im Dunkeln", entgegnet der Schlossherr sehr bestimmt. „Ihr werdet hier schlafen und morgen so früh aufbrechen, dass ihr pünktlich zum Frühstück dort seid." Er nimmt einen Kerzenhalter und schreitet vorneweg. Den Freunden bleibt nichts anderes übrig, als ihm zu folgen. Vor einem Zimmer hängt ein Spiegel an der Wand. Als Lea hineinschaut, ist sie sehr verwundert. Denn sie hat darin sich und ihre Freunde gesehen, aber nicht den Schlossherrn. „Hier ist euer Schlafzimmer, gute Nacht", sagt er und schließt die Tür hinter ihnen.

„Habt ihr bemerkt, dass der Schlossherr kein Spiegelbild hat? Ist er etwa ein Vampir?“, fragt Lea. „Wieso hat er gewusst, dass wir kommen? Und warum hat er uns so komisch angesehen, als er sagte, er esse später?“ „Vielleicht will er uns essen“, meint Anna mit zitternder Stimme, „hier stimmt etwas nicht. Ich will zurück ins Hotel.“

Auch den Jungs gefällt die ganze Sache nicht. Lukas will die Tür öffnen, aber die Klinke bewegt sich nicht. „Wir sind eingeschlossen!“, ruft er verzweifelt. David öffnet das Fenster und sieht hinaus. „Es ist nicht tief bis zum Boden, wir können springen“, sagt er.

Da hören sie Schritte im Flur. Sie kommen näher und näher. Die Freunde sehen sich entsetzt an. Dann springen sie aus dem Fenster und rennen so schnell sie können weg von dem unheimlichen Schloss zurück in den Wald. Sie laufen, bis sie Seitenstiche haben. Endlich tauchen die Lichter des Hotels vor ihnen auf. Unbemerkt erreichen sie ihre Zimmer und kriechen erleichtert in die Betten. „Das war wirklich ein gruseliges Abenteuer“, meint David und braucht eine Weile, bis er einschlafen kann.

Am nächsten Morgen machen die Eltern mit den vier Freunden eine Kutschfahrt durch den Wald. Plötzlich sieht Anna verwitterte Mauern zwischen hohen Bäumen. „Was ist das?“, fragt sie den Kutscher. „Dort lebte vor langer Zeit ein Graf, der ein Vampir gewesen sein soll. Es heißt, er habe nachts Kinder in sein Schloss gelockt und dann ihr Blut getrunken“, erzählt der Kutscher. Die Freunde sehen sich entsetzt an. „Aber keine Sorge“, meint der Kutscher. „Das Schloss ist schon seit über zweihundert Jahren eine Ruine. Hier leben nur noch ein paar Fledermäuse. Da kann euch nichts passieren.“

Barbara Warning

Vampir-Jagd

Till lag im Bett und starrte an die Decke. Er konnte nicht einschlafen. Seit er mit seinen Eltern im alten Gutshaus „Zum Spitzenfels" angekommen war, beschäftigte ihn die Geschichte, die der Herbergsbesitzer erzählt hatte. Vor einhundert Jahren war ein Teil des Gebäudes abgebrannt. Zum Glück konnten die Diener des damaligen Hausherrn, Artur von Spitzenfels, das Feuer löschen. Doch von Spitzenfels wurde danach nie wieder gesehen. Man erzählte sich, dass er Vampire gejagt habe und den finsteren Geschöpfen in dieser Nacht zum Opfer gefallen sei.

Vampire! Diese Blutsauger hatte es in Wirklichkeit doch nie gegeben, versuchte Till sich zu beruhigen. Er drehte sich zur Seite und zog die Bettdecke bis zur Nasenspitze hoch. Dabei fiel sein Blick auf eine schwarz-weiße Fotografie, die an der Wand hing und im fahlen Mondlicht glänzte. Die hatte er noch gar nicht bemerkt. Er warf die Decke zurück, knipste die Nachttischlampe an und kletterte aus dem Bett. Langsam näherte er sich dem Bild. Darauf war ein Mann mit Zylinder abgebildet, der ihm ernst entgegenblickte. Ein dunkler Mantel hing über seinen Schultern und mit seiner linken Hand deutete er auf ein Kreuz, das auf dem Boden lag.

„Artur von Spitzenfels, 1910", las Till vom unteren Rand ab. Er schluckte. Die Fotografie war vor genau einhundert Jahren entstanden und zeigte ausgerechnet den angeblichen Vampirjäger, der damals nach dem Brand verschwunden war. Wie unheimlich! Schnell krabbelte Till zurück ins Bett und kniff die Augen zu. Wenig später schlief er unruhig ein.

Plötzlich wurde Till von lautem Poltern geweckt. Verschlafen richtete er sich auf. „Sie sind hier!", schrie eine männliche Stimme. „Sie haben das Feuer gelegt, um mich zu vernichten! Doch heute Nacht werde ich die Vampire mit deiner Hilfe endgültig besiegen." Tills Herz begann laut zu klopfen. Hatte gerade jemand von Vampiren gesprochen? Da rannte eine dunkle Gestalt an seinem Bett vorbei. „Worauf wartest du noch?", rief sie. „Folge mir!"

Tills Gedanken überschlugen sich. War etwa er gemeint? Vor Schreck fiel er rücklings aus dem Bett. Schnell rappelte er sich wieder auf und eilte der Gestalt hinterher. Dabei stolperte er über einen Gegenstand. Till bückte sich und hob ihn auf. Ein eisiger Schauer lief ihm über den Rücken. Das war das Kreuz von dem Foto! „Warten Sie!", rief Till und hastete weiter.

Ein beißender Geruch nach verbranntem Holz schlug ihm entgegen. Graue Rauchschwaden krochen auf ihn zu. Hustend tappte Till durch die Dunkelheit. Jetzt konnte er am Ende des Flurs bereits einen roten Feuerschein erkennen. Da huschte schon wieder die dunkle Gestalt an ihm vorüber. „Das Kreuz ist der Schlüssel!", hörte Till den Mann sagen, bevor er mit wehendem Mantel dem Feuer entgegenrannte. Auf dem Kopf trug er einen Zylinder.

Till folgte ihm, das Kreuz fest an die Brust gepresst. Die Hitze wurde immer unerträglicher. Mit tränenden Augen versuchte Till, irgendetwas in den Flammen zu erkennen. Kreischende Stimmen drangen an sein Ohr: „Artur von Spitzenfels, wir verfluchen dich! Du glaubst, uns besiegen zu können? Doch du hast etwas vergessen. Deshalb sei dazu verdammt, Nacht für Nacht in diesem Kampf mit uns zu verbrennen! Nur eine reine Seele, die mutig genug ist, dir zu folgen und die den Schlüssel besitzt, kann dich erlösen!"

Till begann am ganzen Körper zu zittern. „Hab keine Angst", hörte er von Spitzenfels irgendwo aus dem Feuer rufen, „vertraue einfach dir selbst ..." Benommen von der heißen, raucherfüllten Luft ging Till weiter auf die Flammen zu. Das Kreuz ist der Schlüssel, dachte er und schloss für einen Moment die brennenden Augen. Mechanisch setzte er einen Schritt vor den anderen. Ohne weiter darüber nachzudenken, warf er das Kreuz ins Feuer und rief mit letzter Kraft: „Verschwindet!" Dann sackte er ohnmächtig zusammen.

Als Till wieder zu sich kam, lag er zugedeckt in seinem weichen Bett. Die Nachttischlampe war noch eingeschaltet und die ersten Sonnenstrahlen fielen durch das Fenster herein. Sofort richtete er sich auf. Die Bilder der letzten Nacht geisterten in seinem Kopf herum. Was für ein furchtbarer Traum! Unvermittelt wanderte sein Blick zur Wand. Till rieb sich die Augen. Artur von Spitzenfels lächelte ihm von dem Foto entgegen. In der rechten Hand hielt er das Kreuz.

Franziska Jaekel

In der Geisterbahn

„Die Achterbahn wird ein Riesenspaß!", ruft Ben. „Klar, aber wir gehen auch in die Geisterbahn", bestimmt Leon. „Ihr wollt zur Kirmes?", fragt Opa. Dabei zieht er ein Gesicht, als wäre ihm der Teufel höchstpersönlich begegnet. Ben prustet los und Leon hält sich vor Lachen den Bauch. „Weshalb sollen wir nicht auf die Kirmes gehen?" Opa macht große Augen. „Ihr wisst es wirklich nicht …?"

Bens Kopfhaut juckt plötzlich ganz komisch, Leon bekommt eine Gänsehaut. „Was ist denn los?", fragt Ben beunruhigt. Opas rechtes Auge beginnt nervös zu zucken. „Man darf keine Kirmes neben dem Friedhof aufbauen", flüstert Opa. „Auch nicht, wenn auf dem früheren Kirmesplatz ein Parkhaus steht?", fragt Leon. „Niemals", wispert Opa. „Die Toten werden sich rächen!" Für einen kurzen Moment verschlägt es Ben und Leon die Sprache.

Dann fangen sie an zu kichern. „Wird schon schief gehen", brummt Ben. Und Leon meint: „Wenn ein Geist auftaucht, schicken wir ihn einfach in die Geisterbahn." Dabei kneift er ein Auge zu und grinst Ben von der Seite an. Nur Opa schüttelt den Kopf. „Lasst es euch von einem alten Mann gesagt sein: Die Kirmes neben dem Friedhof bringt Unglück!"

Opa gibt Ben eine Kette mit einem silbernen Kreuz. „Trag es zu deinem Schutz", sagt er eindringlich. Und er drückt Leon ein winziges Tütchen mit Knoblauchpulver in die Hand. Erst als das Säckchen in Leons Jackentasche verschwunden ist, gibt Opa den beiden das Kirmesgeld. „Mach dir um uns keine Gedanken, Opa", lacht Ben. Dann rennen beide los.

Als sie den riesigen Platz betreten, beginnt es allmählich zu dämmern. Genau der richtige Zeitpunkt für einen Kirmesbesuch! Rote, gelbe, grüne und blaue Lichter blinken um die Wette. „Klasse Musik", freut sich Leon. Ben stimmt ihm zu: „Super Stimmung!" Rasch bahnen sich die Zwillinge den Weg über den Rummelplatz.

„Dort ist die Achterbahn", ruft Ben begeistert. „Da will ich zuerst rein", jauchzt Leon und schlüpft mit strahlenden Augen durch eine kleine Lücke in der Menschenmenge. Sofort taucht Ben neben ihm auf. Gemeinsam beobachten sie, wie die Wagen über die Bahn sausen. Komisch: Es fahren nur Leute in schwarzen Anziehsachen mit. Die Jungs sehen sich fragend an. Aber dann lachen beide. Schließlich wollen sie sich den Spaß nicht verderben lassen!

Da fällt ihr Blick auf das Riesenrad. Wie hoch es ist! „Bestimmt kann man von dort oben die ganze Stadt überblicken – und vielleicht sogar unser Haus sehen", überlegt Ben laut. Plötzlich beginnen die meterhohen Lichterketten des Riesenrads wild zu blinken. Ein paar Fledermäuse umkreisen die obersten Wagen. Jäh verstummt die Musik, die Lichter erlischen. Still und dunkel steht das Riesenrad.

Ben spürt, wie ein kalter Schauer über seinen Rücken kriecht. Unwillkürlich tastet er nach dem Kreuz, das unter seinem dicken Wollpulli steckt. Sollte Opa wirklich Recht behalten? „Ist nur ein Kurzschluss", krächzt Leon mit belegter Stimme. „Komm, lass uns weitergehen."

Als beide in der Achterbahn sitzen, ist das Riesenrad längst vergessen. In rasanter Fahrt windet sich die Schlange spiralförmig nach unten. Ben und Leon sitzen ganz vorne. Von dort aus haben sie einen super Ausblick. „Sieh nur ... die Geisterbahn!", ruft Ben. Leon beugt seinen Kopf zur Seite. In dem Moment streift ein Fledermausflügel seine Wange. Seltsam. Nachdenklich betrachtet Leon den riesigen Fledermausschwarm, der wie ein schwarzes Tuch am Himmel schwebt.

Da schießt die Achterbahn steil nach unten. „Ooooaaaah“, brüllt Ben. Leon schließt seine Augen und hält sich mit beiden Händen am Bügel fest. Kurz darauf ist die Fahrt zu Ende. „Schade“, findet Ben. „Jetzt gehen wir in die Geisterbahn“, seufzt Leon erleichtert.

Ein riesiger Gorilla mit rot funkelnden Augen empfängt seine Gäste am Eingang der Geisterbahn. Ben und Leon bezahlen den Eintritt und laufen erwartungsvoll den Metallsteg hinauf. Vor ihnen springen drei Jungen in den Wagen. „Als Nächstes sind wir dran“, freut sich Leon. Ein junger Mann mit wuseliger Affenperücke nimmt ihnen die Fahrchips ab. Dann zwinkert er den Zwillingen zu: „Viel Spaß beim Gruseln ... und bitte den Wagen nicht verlassen!“

Schon saust das rote Fahrzeug um die Ecke, hinein in die Geisterbahn. „Ohohoho", lacht ein weißes Skelett und es klappert tüchtig mit den Knochen. „Da!", ruft Leon. Ein schrumpeliger Pirat wackelt mit seinem glänzenden Säbel. Dann streifen lange schwarze Bänder ihre Köpfe. Überall dröhnt und kichert es. Ben hält sich vor Lachen den Bauch. „Das ist keine Geisterbahn, sondern eine Lachbahn", gluckst er, aber ein bisschen gruselt er sich doch ...

Plötzlich schnellt etwas Großes, Schwarzes hinter einem grünen Skelett hervor. Mit einem Satz landet die Gestalt vorn auf dem Auto – direkt vor Ben und Leon. Das Gesicht ist leichenblass, die Augen sind blutunterlaufen und die Eckzähne spitz und lang wie Eiszapfen. Die Zwillinge wollen schreien. Aber der Vampir streckt ihnen seine dürren weißen Finger entgegen und hält ihnen den Mund zu. Es riecht modrig. Nach Mottenpulver und Blutwurst. Und die Luft um sie herum ist plötzlich eiskalt.

„Dör ist öcht", keucht Leon hinter der Vampirhand hervor und knufft Ben schmerzhaft in die Rippen. „Zum Töfel mit dör!" Leon reißt den kleinen Beutel aus seiner Tasche und schüttet dem Vampir das Knoblauchpulver in die Augen. Der Vampir reibt seine Augen an seiner Schulter und brüllt dabei wie ein Werwolf. „Ich sauge euch aus!", ruft er dann mit schriller Stimme und bleckt seine spitzen Eckzähne.

„Dus wörden wir ja söhen!" Ben zieht das silberne Kreuz unter seinem Wollpulli hervor und hält es dem Vampir direkt vor die Augen. Der Vampir knurrt wütend wie ein Bullterrier. Dann schlägt er seine Hände vors Gesicht und flieht in die Dunkelheit.

„Auf Opa ist Verlass", stellt Ben erleichtert fest. Leon betrachtet das silberne Kreuz und nickt. Da kommen die beiden am Ausgang an. „Auf Wiedersehen!", lacht das Skelett.

Nicole Büker

Harry Ackermann

Ich ging damals in die fünfte Klasse. In Mathematik war ich so schlecht, dass ich nicht in die sechste Klasse versetzt werden sollte. Da bekamen wir eines Tages einen neuen Schüler, Harry Ackermann. Er war ganz anders als wir und niemand mochte ihn. Er schien überhaupt keinen Wert auf sein Äußeres zu legen. Stets trug er dasselbe schwarze Hemd, dieselbe schwarze Hose. Seine Haare reichten ihm bis über den Kragen und sahen aus, als würde er sie nie waschen, und sein Gesicht hatte eine ungesunde gelbe Farbe. Dazu roch er merkwürdig.

Jedenfalls wollte keiner neben ihm sitzen – außer, wenn wir eine Mathematikarbeit schrieben. Denn in Mathematik war Harry der Beste. Mit seinen Fragen konnte er sogar unseren Lehrer in Verlegenheit bringen.

Natürlich merkte er bald, dass ich keine Ahnung von Mathematik hatte. So kam es, dass er mehrmals vorschlug, mir Nachhilfestunden zu geben – und er wollte nicht einmal Geld dafür haben. Doch ich lehnte jedes Mal ab, aus einem inneren Widerstreben heraus. Erst als die nächste Arbeit bevorstand, ließ ich mich überreden, mit ihm zu üben.

„Du wirst es nicht bereuen!“, sagte Harry mit rauer Stimme. „Und wo treffen wir uns?“, fragte ich. „Bei dir?“ „Nein“, sagte er hastig, „bei mir geht es nicht. Aber wie ist es bei dir? Hast du ein eigenes Zimmer?“ Ich nickte. „Und bist du manchmal allein?“ „Ja, meine Mutter geht nachmittags zum Saubermachen. Aber warum willst du, dass wir allein sind?“ „Warum?“ Er stieß ein heiseres Lachen aus. „Weil wir dann nicht abgelenkt werden!“

Das leuchtete mir ein – obwohl ich die Vorstellung, mit Harry allein in der Wohnung zu sein, nicht besonders verlockend fand. Doch ich verabredete mich mit ihm für den Nachmittag.

Um vier verließ meine Mutter die Wohnung und gleich darauf klingelte es. Vor der Tür stand Harry, eine halbe Stunde zu früh. Ich vermutete, dass er im Treppenhaus herumspioniert hatte, sagte aber nichts. Wir gingen in mein Zimmer.

Mir fiel auf, dass der unangenehme Geruch, der von Harry ausging, stärker geworden war. Ich hatte plötzlich das Gefühl, keine Luft mehr zu kriegen, und riss das Fenster auf. Harry beobachtete mich. „Hast du etwas?", fragte er. „Nein, nein", sagte ich schnell und setzte mich. Wir schlugen unsere Bücher und Hefte auf, und Harry fing an, mir die Aufgaben zu erklären.

Nachdem wir eine Stunde gearbeitet hatten, meinte Harry, es sei genug für heute. Er hatte Recht: Ich war so erschöpft, dass ich über meinen Heften einschlief. Als ich die Augen öffnete, war Harry verschwunden. Ich sah auf die Uhr. Es war kurz nach sechs und ich hörte meine Mutter zurückkommen.

Am nächsten Morgen in der Schule war ich noch immer müde. Aber ich konnte die Aufgaben, die Harry mir erklärt hatte, an der Tafel richtig vorrechnen. Am Nachmittag übten wir wieder. Wir saßen nebeneinander an dem großen Tisch in meinem Zimmer und rechneten. Diesmal nahm ich Harrys eigenartigen Geruch kaum noch wahr und auch an seine leise, einschläfernde Stimme hatte ich mich gewöhnt.

Harry war ein ausgezeichneter Nachhilfelehrer! Zum ersten Mal hatte ich den Eindruck, dass die Mathematik kein Buch mit sieben Siegeln für mich bleiben müsste. Wir kamen auch viel schneller voran als am Vortag – allerdings mit der Folge, dass ich wieder einschlief.

Als ich aufwachte, fiel mein Blick auf das Rechenheft. Neben der letzten Aufgabe waren zwei kleine Blutflecken. Ich untersuchte meine Hände. Doch ich konnte keine Verletzung entdecken.

Am darauffolgenden Tag schrieben wir die Arbeit. Ich schaffte es, mehr als die Hälfte der Aufgaben zu lösen. Ich schrieb eine 3 – die erste seit vielen Monaten. Harry lobte mich, aber gleichzeitig betonte er, dass wir auf gar keinen Fall mit den Übungsstunden aufhören dürften, sonst würde ich alles wieder vergessen. Also trafen wir uns weiterhin jeden Nachmittag in meinem Zimmer. Wenn wir geübt hatten, schlief ich regelmäßig ein. Es war mir peinlich, aber Harry schien es überhaupt nichts auszumachen, denn er erwähnte es nie.

Im Rechnen wurde ich immer besser. Unser Mathematiklehrer, der mich schon aufgegeben hatte, hielt es für ein Wunder. Er konnte nicht wissen, dass Harry mir Nachhilfestunden gab, und auch meine Klassenkameraden hatten keine Ahnung. Ich erzählte es niemandem. Nicht einmal meine Mutter wusste, dass ich jeden Nachmittag Besuch bekam. Ihr fiel nur auf, dass ich plötzlich gute Zensuren in Mathematik hatte – und dass ich immer müde war.

Bald schlief ich sogar am Abendbrottisch ein. Mein Kopf fiel einfach vornüber, und ich wurde davon wach, dass meine Mutter mich an der Schulter rüttelte und besorgt fragte, ob ich krank sei. Schließlich bestand sie darauf, mit mir zum Arzt zu gehen. Der stellte eine schwere Blutarmut fest und verschrieb mir Tabletten. Von nun an schluckte ich jeden Tag drei Kapseln. Dennoch blieb ich ständig müde. Es wurde so schlimm, dass ich eine Woche lang im Bett bleiben musste.

Während dieser Zeit kam Harry nicht. Vielleicht hatte er herausgefunden, dass meine Mutter sich freigenommen hatte und nun den ganzen Tag zu Hause war. Ich erholte mich in dieser Woche so gut, dass selbst der Arzt überrascht war. Als ich wieder in die Schule gehen durfte, erfuhr ich, dass Harry an den letzten beiden Tagen ebenfalls gefehlt hatte. Keiner wusste, ob er krank war.

Ich beschloss, am Nachmittag bei ihm vorbeizugehen. Unser Lehrer gab mir seine Adresse. Harry wohnte in einer Straße, die am anderen Ende der Stadt lag. Auf dem langen Weg dorthin fragte ich mich, warum Harry ausgerechnet unsere Schule besuchte. Schließlich kam ich in die Straße, die mir unser Lehrer genannt hatte. Sie war eng und düster. Zu beiden Seiten standen große graue Häuserblocks. Alles wirkte so bedrückend auf mich, dass ich am liebsten umgekehrt wäre.

Im vorletzten Block wohnte Harry. Es war ein Haus wie alle anderen. Überall bröckelte der Putz und von den Fenstern war die Farbe abgeblättert. Die Haustür sah alt und morsch aus, und das Brett, auf dem sich die Klingelknöpfe befanden, war voller Wurmlöcher. Ich versuchte, die Namen auf den verblichenen Schildern zu entziffern. „Ackermann“ entdeckte ich nicht; allerdings waren zwei Schilder unleserlich.

Mir blieb also nichts anderes übrig, als von Stockwerk zu Stockwerk zu steigen, um Harrys Wohnung zu finden. Ich öffnete die Tür und stand in einem langen dunklen Flur. In dem trüben Licht, das durch die schmutzigen Scheiben der Haustür fiel, erkannte ich etwas Großes, Schwarzes. Ich drückte auf den Lichtschalter und bemerkte erleichtert, dass es ein Moped war, das jemand neben der Kellertür abgestellt hatte. Mit klopfendem Herzen ging ich weiter. Doch weder im Erdgeschoss noch im ersten Stock fand ich den Namen „Ackermann“.

So stieg ich die altersschwachen Stufen, die bei jedem Schritt knarrten und knackten, bis in den obersten Stock hinauf. „Wieland" stand auf der linken Tür, „F. Ranken" auf der rechten. Nach kurzem Zögern klingelte ich bei „Ranken". Eine junge Frau mit einem Baby im Arm öffnete mir. Sie musterte mich argwöhnisch.

„Ich möchte einen Klassenkameraden besuchen", sagte ich. „Ja, und?", fragte sie unfreundlich. „Er heißt Harry. Harry Ackermann." „Den kenne ich nicht." „Aber er soll in diesem Haus wohnen!" Sie zuckte gleichmütig mit den Schultern. „Frag mal bei Wieland, die wohnen seit dreißig Jahren hier. Wir sind erst vor einem halben Jahr eingezogen." Ohne ein weiteres Wort schlug sie die Tür zu.

Ich klingelte bei „Wieland". Nach einer Weile hörte ich schlurfende Schritte. „Wer ist da?", frage eine Stimme hinter der Tür. „Ich suche einen Klassenkameraden", antwortete ich, „Harry Ackermann." Jetzt wurde die Tür geöffnet und ich sah einen alten Mann.

Eine ungewöhnlich große, pechschwarze Katze strich um seine Beine herum. „Die wohnen hier nicht mehr!", erklärte er. „Aber unser Lehrer hat mir diese Adresse gegeben", erwiderte ich. „Harry Ackermann ...", sagte der Mann mit schleppender Stimme. Es klang, als hätte er keine gute Meinung über Harry. „Seine arme Mutter, seine arme kleine Schwester!"

Ich bekam eine Gänsehaut. „Was ist denn mit ihnen passiert?", fragte ich. „Hin", sagte er tonlos, „alle hin." „Wie meinen Sie das?" „Sie wurden krank ... Bleichsucht!" „Bleichsucht?", wiederholte ich verständnislos. „Ja. Zuerst hatte es die Mutter. Immer blutloser wurde sie, bis es zu spät war. Dann bekam es die Tochter, und keine zwei Wochen vergingen, da war sie tot." „Tot?" „Ja."

Auf einmal tat mir Harry leid. Ich hatte ja keine Ahnung von seinen häuslichen Schwierigkeiten gehabt! „War Harry auch krank?" Der alte Mann lachte bitter. „Ha, der doch nicht! Im Gegenteil, er wurde jeden Tag kräftiger. Er schien richtig aufzublühen. Einige im Haus meinten sogar ..." Er brach ab und fuhr dann flüsternd fort: „Einige meinten, er habe etwas mit der Krankheit seiner Mutter und seiner Schwester zu tun gehabt." „Wieso?"

„Auf jeden Fall verschwand er an dem Tag, als seine Schwester starb." „Er verschwand?", fragte ich überrascht. „Ja. Ich habe Harry seitdem nicht wiedergesehen." „Aber – er geht in meine Klasse!" Der alte Mann musterte mich und lächelte spöttisch. „Wie alt bist du denn?" „Elf." „Soso. Harry müsste heute ungefähr vierzig sein. Über dreißig Jahre ist das her." „Das kann nicht sein", rief ich – und verstummte.

Denn wie sich die Teile eines Puzzles zu einem Ganzen fügen, so formte sich für mich plötzlich ein schreckliches, ganz und gar unglaubliches Bild: Harrys altmodische Kleidung, sein unangenehmer Geruch, meine Abneigung gegen ihn, der tiefe Schlaf, in den ich jedes Mal fiel, nachdem wir geübt hatten, meine ständige Müdigkeit und dann die Blutflecken in meinem Heft und die Diagnose unseres Arztes …

„Was – was ist Bleichsucht?", stammelte ich. „Ein anderes Wort für Blutarmut", antwortete er. Ich sah den alten Mann wie durch einen Nebel. Er fragte mich etwas, aber ich verstand ihn nicht. In meinen Ohren sauste es, und ich hatte das Gefühl, ich würde gleich ohnmächtig werden. Ich drehte mich um und ging mit zitternden Beinen die Stufen hinunter.

Zu Hause steckte mich meine Mutter sofort ins Bett und machte sich heftige Vorwürfe, dass sie mir überhaupt erlaubt hatte, nach draußen zu gehen. Harry traf ich nie wieder – und ich hatte auch nie wieder Blutarmut.

Angela Sommer-Bodenburg

Langsam kommt die schwarze Nacht ...

Langsam kommt die schwarze Nacht
und schon sind wir aufgewacht.
Krallenhand und spitzer Zahn,
warte, du bist dran!

Denkst du: Ich verstecke mich?
Kein Problem, wir finden dich.
Erst ein Biss und dann ein Schrei
und es ist vorbei.

Wenn du glaubst, ich küsse dich,
will ich nur dein Blut für mich.
Her mit deinem roten Blut,
denn das tut mir gut.

Bleich und fahl ist dein Gesicht,
sieht man dich im Morgenlicht.
Unsre Särge klappen zu
und wir gehn zur Ruh.

Christa Wißkirchen

Messer im Rücken

Messer im Rücken.
Drei Spinnen im Haar.
Blut fließt über den Rücken.
Dracula ist da!

Volksgut

Stell dich hinter deinen Freund und sage das Gedicht langsam mit möglichst unheimlicher Stimme auf. Dabei machst du folgende Bewegungen:

1. Pikse ihm einen Finger in den Rücken.
2. Wusele mit deinen Fingern durch seine Haare.
3. Streiche mit den Fingerspitzen von oben nach unten über seinen Rücken.
4. Packe ihn mit beiden Armen und halte ihn kurz fest.

Die Vampir-Falle

„Kommst du mit in den Wald?“, fragt Tine. „Brombeeren pflücken?“ „Ich weiß nicht“, zögert Paule. „Da sollen unglückliche Seelen umherirren. Sagt Oma Hedi jedenfalls.“ „Was ist das denn für ein Märchenkram!“, lacht Tine. „Und das glaubst du?“ „Natürlich nicht“, beeilt sich Paule zu antworten. „Los! Lass uns Brombeeren pflücken.“

Im Wald ist es schön kühl. Aber Beeren findet Tine keine. „Dann können wir ja wieder gehen!“, drängelt Paule. „Angsthase!“, lacht Tine und will schon nachgeben, als sie einen Hochsitz entdeckt. „Bestimmt kann man die Brombeeren von da oben sehen“, ruft Tine und rennt los. Paule stöhnt. „Mädchen können so nervig sein“, knurrt er.

Aber Tine ist schon emporgeklettert. „Paule! Paule! Komm schnell! Das musst du sehen.“ „Wehe, wenn das jetzt nur Beeren sind!“, brummt er. Doch dann hält er den Atem an. Sieben verwitterte Steinfiguren inmitten einer Lichtung. „Sieht aus wie ein alter Friedhof!“, findet Paule und bekommt eine Gänsehaut. „Tine, gleich wird es dunkel. Wir müssen nach Hause!“ „Erst will ich wissen, was da ist.“ „Warte!“, sagt Paule. „Fang mich doch!“, ruft Tine zurück und sprintet im schnellen Zick-Zack-Kurs auf die Lichtung zu.

„Traurig sehen die Steinfiguren aus", findet Tine. „Nur die da nicht." Sie zeigt auf die siebte Figur. „Die sieht aus wie ein Vampir." „Das sind die verlorenen Seelen", flüstert Paule. „Wir stören ihre Ruhe!"

In diesem Moment spannt sich eine dicke, schwarze Wolke wie ein Regenschirm über die Lichtung. Erschreckt flattern die Vögel aus den Bäumen. Dann ist es still. Totenstill. Tine erstarrt. „Was ist denn?", fragt Paul mit zitternder Stimme. „Psst! Da ist es wieder!" „Mein Gott, Tine. Was denn?" „Ich glaub, der Vampir bewegt sich." „B-bist d-du s-sicher?", stottert Paule. „Ganz sicher! Nix wie weg!", schreit Tine und rennt los. Paule hinterher. Immer schneller und schneller – bis nach Hause!

Am nächsten Tag besuchen Tine und Paule Oma Hedi. „Erzähl uns von den verlorenen Seelen", betteln sie. „Das ist eine tragische Geschichte", beginnt sie. „In jener schrecklichen Gewitternacht blitzte und donnerte es, dass einem das Blut in den Adern gefrieren konnte." Oma Hedi faltet die Hände. „Da klopfte es an meiner Tür. Der treue Diener des Schlossherrn bat mich, schnell mit ihm zu kommen. Etwas Schlimmes sei geschehen." „Was denn?" „Das wollte er mir nicht sagen. Ich packte also meine Heilkräuter zusammen und fuhr mit." Oma Hedi stockt. „Aber wir kamen zu spät!"

„Wie? Zu spät?" „Alle tot", seufzt Oma Hedi. „Mausetot. Später im Dorf hat man sich erzählt, es sei ein Virus gewesen. Ich aber habe die Bisswunden an ihren Hälsen gesehen. Es war ein Vampir." Tine und Paule reißen die Augen auf. „Zum Andenken hat man die Familie in Stein gemeißelt und vor dem Schloss aufgestellt. Der Vampir aber hat sie in den Wald verschleppt. Um sie über die Jahre besser bewachen zu können, soll er sich auch in Stein verwandelt haben."

Paule zieht Tine zur Seite. „Ich weiß, was gegen Vampire hilft: ein Kreuz!" „Gute Idee!", lobt Tine. „Ich hab ein Kreuz von meiner Oma, das nehmen wir." Als es dunkel wird, schleichen Tine und Paule zur Lichtung. Ein leiser Wind ächzt in den Bäumen. „Hör mal Tine, sollen wir nicht lieber wieder nach Hause gehen?", flüstert Paule. „Kommt nicht in Frage!", bestimmt Tine und hält der Vampirfigur das Kreuz vor die Brust.

Da hört sie ein Stöhnen. Vor Schreck weicht Tine zurück. „Also doch", stellt sie fest, „der Vampir lebt." „Tine, schau nur!" Ängstlich packt Paule Tine am Arm. „Wieder die dunkle Wolke am Himmel!" „Lauf, Paule!", schreit Tine. „Lauf, was du kannst." „Dafür ist es zu spät!", ächzt eine Stimme hinter ihnen. Entsetzt drehen Tine und Paule sich um. „Der Vampir!" Paule kriegt kaum Luft. „H I L F E !"

In dem Moment erscheinen Lichtkegel auf den Steinfiguren. Es ist Oma Hedi, die mit ihrer Taschenlampe leuchtet. „Kommt zu mir, Kinder! Schnell!" Tine und Paule rennen zu ihr. „Keine Angst!", beruhigt Oma Hedi die beiden. Langsam geht sie auf den Vampir zu. Dabei zieht sie eine Spritzpistole hervor. „Diese Knoblauch-Kräuter-Brühe überlebt kein Vampir!", warnt sie.

Erschrocken weicht der Vampir zurück. Immer näher kommt ihm Oma Hedi. Da verschwindet er hinter einer Steinfigur. „Ich krieg dich doch!", ruft Oma Hedi. Böse lächelnd zeigt er sich wieder und beginnt Oma Hedi zu umkreisen.

„Ich halt´s nicht mehr aus", wispert Tine und wirft einen Stein auf den Vampir. Der schaut sich verwirrt um. Da schießt Oma Hedi. Die ganze stinkende Brühe direkt in das Gesicht des Vampirs. Verzweifelt ringt er nach Luft. Zu spät! Gelber Nebel steigt auf und langsam beginnt der Vampir sich aufzulösen. Zurück bleibt ein nach Knoblauch stinkendes Skelett.

„Geschafft!" Erleichtert lässt Oma Hedi sich auf einen Baumstumpf fallen. „Das nächste Mal sagt bitte Bescheid, wenn ihr auf Vampir-Jagd geht." Tine und Paule schauen sich an und lassen sich erleichtert neben Oma Hedi ins Laub plumpsen. Das ist ja noch mal gut gegangen.

Ulrike Fischer

Hinterhalt im Eulenwald

Tief in der Erde, unter dem verwitterten Gemäuer einer Burgruine, gibt es noch einen Gewölbekeller, von dem niemand weiß. Hier huschen Ratten umeinander; fette Spinnen baumeln an der Decke; allerlei Ekelgewürm windet sich durch den Moder von Jahrhunderten. Mitten im Raum aber steht ein schwarzer Sarg. Und darin schläft in seinem schwarzen Gewand ein Vampir: Bludwig, der Blasse.

Schlag Mitternacht. Im Vampir zuckt es. Er gähnt. Noch ist er nicht ganz wach, da spürt er ihn schon, den Blutdurst. Gleich wird er wieder in die Nacht fliegen und Eulen jagen; Eulenblut mag er am liebsten. Einmal aber will er sich noch gemütlich umdrehen ...

Aber da: Plötzlich ein Geräusch am Sargdeckel: kratz, kratz, kratz! Dem Vampir stockt der Atem vor Schreck. „Wer da?", fragt er. „Die Rattenpost", antwortet die Postratte. „Ein Eilbrief, Chef!" Bludwig öffnet den Sarg und nimmt den Brief entgegen. „Macht einen Popel, Chef", sagt die Postratte. Der Vampir bezahlt und im trüben Licht dreier Leuchtkäfer liest er:

Ein freudiges Lächeln umspielt Bludwigs Eckzähne: Seit hundert Jahren die erste Post, noch dazu eine Einladung! Für heute Nacht! Wow! Nur: Elvira-Vampira – wer soll das sein? Bludwig kennt kein Vampirwesen dieses Namens.

„Dann werde ich E-Va eben kennenlernen", sagt er sich, glättet sein Gewand und macht sich auf den Weg. Erst mal muss er nun durch einen langen Gang. Uuh, was für eine Strecke: Jeder normale Sterbliche wäre ohne Nasenklammer verloren! Alle unterirdischen Pestgerüche vermischen sich hier: nach faulen Eiern, nach Gammel und Rattenpipi. Für Bludwig jedoch ist es ein wunderbares, anregendes Aroma. Ja, plötzlich bekommt er sogar Lust zu singen:

„Reich mir die Hand, Isolde,
dreh dich im Tanz mit mir.
Reich mir den Hals, du Holde,
dass ich dein Blut probier.
Ist der Tanz aus,
gehn wir nach Haus,
dann bist du auch ein Vampir!"

Beschwingt tritt Bludwig am Ende des Ganges ins Freie. Mattes Mondlicht empfängt ihn. Nebelfetzen. Bludwig breitet die Arme aus, fliegt los. Und ahnt nicht, was ihm Grässliches bevorsteht …

„Was ist denn heute mit den Eulen los?", wundert sich der Vampir nach einer Weile: Sonst fliehen sie vor ihm, diesmal fliegen gleich sechs von ihnen neben ihm her: drei links von ihm, drei rechts. Hach, wie juckt's ihm in den Zähnen, sofort eine zu reißen und auszuschlürfen! Aber er möchte Elvira-Vampira nicht warten lassen.

Schon taucht die hohle Eiche vor ihm auf. Bludwig landet und klopft an. Ein funkelndes Augenpaar schaut von ganz oben auf ihn herunter. „O, da bist du ja! Komm nur herauf, mein Lieber!"

Bludwig klettert den hohlen Stamm hoch – und ist schon fast oben angekommen, da gibt das morsche Holz nach und ratsch! klemmt er fest: halb drin, halb draußen. „Es war eine Falle!“, ist ihm sofort klar. Und da stürzen sich auch schon die sechs Eulen auf ihn und hacken mit ihren kräftigen Schnäbeln auf sein Hinterteil ein, was das Zeug hält. „Ja, schrei nur!“, ruft die siebte Eule und ihre großen Augen funkeln noch heller. „Nur sieben von uns sind noch am Leben; schäm dich, du Blutsäufer! Und versprich auf der Stelle, dass du uns für alle Zeiten in Ruhe lassen wirst, sonst ...“ – „Ja, ja! Ich versprech es!“, jammert der Vampir. „Ich geh nur noch Ratten ans Genick!“

Und als Bludwig mit zerfetztem Gewand nach Hause humpelt, nimmt er sich fest vor, sein Versprechen zu halten. Ihm bleibt auch nichts anderes übrig. Denn von heute an braucht er an Eulenblut nur zu denken, da tut ihm schon der Hintern weh!

Hans-Georg Schmitten

Der Vampir auf der Faschingsparty

„Max, du bist ein toller Pirat“, lobt Clara, als Max zu ihrer Faschingsparty kommt. Sie selbst ist eine Zigeunerin. „Schau dir mal Tom an“, flüstert sie, „er hat sich als Arzt verkleidet und den Kittel mit Blut beschmiert.“

Max schaut sich um. Indianer, Prinzessinnen, Hexen und Gespenster sind zu Claras Party gekommen. „Der Vampir sieht richtig echt aus“, sagt er und zeigt auf eine Gestalt mit sehr blassem Gesicht, schwarzem langen Umhang und zwei langen Zähnen. „Total gruselig“, bestätigt Clara. „Ich glaube, dass es Nils ist, aber er verstellt seine Stimme.“

Die Kinder setzen sich an den Tisch. Es gibt Streuselkuchen und Wackelpudding. Plötzlich stupst Clara Max an. „Seltsam“, flüstert sie, „Nils isst nicht, sondern tut nur so.“ „Vielleicht mag er keinen Wackelpudding“, meint Max. „Blödsinn“, antwortet Clara, „jeder mag Wackelpudding.“

Nach dem Essen wollen die Kinder im Garten Verstecken spielen. „Lasst uns lieber auf den Dachboden gehen“, schlägt der Vampir vor, „das ist doch viel gruseliger.“ Alle stimmen zu und verstecken sich dort. „Komm, Nils, wir verstecken uns zusammen hinter der Kiste“, sagt Tom und kriecht mit dem Vampir in das Versteck. Clara muss als Erste suchen. Nach einer Weile entdeckt sie einen Zipfel des Arztkittels.

Als sie Tom aus dem Versteck zieht, sieht sie eine Blutspur an seinem Hals. „Du blutest“, ruft sie entsetzt. „Das ist doch rote Farbe“, meint Tom. „Sie gehört zu meinem Kostüm.“ Aber Clara ist sich sicher: Vorhin hatte Tom keinen Blutfleck am Hals.

Jetzt muss Max suchen. Clara versteckt sich in einer dunklen Ecke. Sie spürt, dass sich neben ihr etwas bewegt und schon fühlt sie ein Piksen am Hals. In dem Moment ruft Max: „Gefunden“, und zerrt sie hervor. „Was ist los?“, ruft er erschrocken, denn Clara ist ganz blass. „Mir ist so schwindelig“, sagt sie. „Mich muss gerade eine Mücke gestochen haben.“

Max schaut sich ihren Hals an. „Das sieht aber seltsam aus", meint er und zieht Clara vor einen Spiegel. An ihrem Hals sind nebeneinander zwei Einstiche. Clara betrachtet sie. Plötzlich zittern ihre Knie. „Spielt weiter", ruft sie den anderen zu und läuft mit Max in ihr Zimmer.

„Ich habe einen furchtbaren Verdacht", flüstert sie aufgeregt. „Der Vampir ist nicht Nils. Der Vampir ist echt. Er will unser Blut saugen."
„Stimmt", meint Max. „Er hat keinen Kuchen gegessen, wollte nicht im Sonnenschein im Garten spielen und hat versucht, Tom und dich zu beißen. Falls es nicht Nils ist, müssen wir ihn verjagen, bevor er richtig zubeißt und uns alle in Vampire verwandelt."

Clara denkt einen Moment nach. „Ich hab's! Vampire können Knoblauch nicht vertragen", ruft sie und saust in die Küche. Dort brodelt schon die Suppe fürs Abendessen auf dem Herd. Clara greift nach einer Knoblauchknolle und wirft sie in die Suppe. „Gleich wissen wir, ob der Vampir echt ist."

„Kommt essen", ruft sie und teilt die Suppe aus. Dem Vampir gibt sie eine extra große Portion. Er starrt angeekelt auf seinen Teller. „Schmeckt es dir etwa nicht?", fragt Clara scheinheilig. Der Vampir verzieht das Gesicht noch mehr, schmeißt den Teller auf den Boden und rennt aus dem Haus.

„Was war das denn?", fragt Tom. „Er mag eben keinen Knoblauch", meint Clara. Dann flüstert sie Max ins Ohr: „Verrat keinem, wer er wirklich war, sonst kommt mich niemand mehr besuchen."
„Ich komme auf jeden Fall wieder", antwortet Max, „denn mit dir auf Vampirjagd zu gehen, ist besser als jede Faschingsparty."

Barbara Warning

Vampir-Bande Teil IV

Ahnengalerie

Wenn Victoria, Helena und Theodor Besuch von Freunden bekommen, zeigen sie ihnen gern die Ahnengalerie. Dort hängen Bilder aller Familienmitglieder und Vorfahren.

Klar, dass sie alle noch leben – Vampire sind schließlich unsterblich. Einige von ihnen sind jedoch weggezogen, wie Tante Liesbeth zum Beispiel, die seit 300 Jahren ein verfallenes Schloss in Transsilvanien restauriert. Und weil sie nur nachts die Bauarbeiten beaufsichtigen kann, dann aber alle Arbeiter schlafen, muss sie viel selbst machen – und das dauert eben, aber sie hat ja Zeit.

otte, Geschäftsführerin einer
lutspende-Organisation
Elvira, Zahnärztin (Fachbereich Eckzahn-Prothesen)
Anke, Fledermaus-pflegerin im Zoo
Hannibal, Chirurg
Helmut, Sarg-Schreiner
Otto, Totengräber
Hans, Mitarbeiter einer Geisterbahn

So wirst du ein Vampir

Auf den nächsten Seiten erfährst du, wie du zu einem richtig gruseligen Vampir werden und deine Freunde gehörig in Angst und Schrecken versetzen kannst.

Auf das richtige Gebiss kommt es an

Woran erkennst du einen Vampir sofort? Klar: An seinen unheimlichen, langen, spitzen Eckzähnen. Ein richtig gefährlich aussehendes Dracula-Gebiss darf deshalb auf keinen Fall fehlen. Künstliche Vampir-Gebisse gibt es schon relativ günstig zu kaufen. Insbesondere im Herbst zu Halloween bekommst du sie in den Läden. Das harte Plastikgebiss kannst du einfach in den Mund schieben. Noch echter sehen die gefärbten und mit weichem „Zahnfleisch" versehenen Vampirzähne aus. So ein Gebiss gibt's im Kostüm-Fachhandel. Es kostet zwar etwas mehr, wirkt dafür aber noch gruseliger.

Weiße Haut und viel Blut: Schmink-Ideen

Weil Vampire ja untot sind, zu wenig Blut haben und im Dunkeln leben, sehen sie immer bleich und krank aus. Ihre Haut ist entsprechend weiß. Deshalb solltest du dir dein Gesicht und deine Hände weiß färben. Ein Schuss künstliches Blut sorgt zudem für den nötigen Grusel-Effekt.

Am besten ist Nass-Schminke geeignet. Sie ist hautfreundlich, trocknet schnell, verwischt kaum und lässt sich einfach mit Wasser und Seife abwaschen. Bitte keine Wasserfarbe oder andere Farben verwenden, die nicht speziell fürs Hautanmalen entwickelt worden sind. Sonst bekommst du Probleme mit deiner Haut.

Zum Auftragen der Farbe kannst du für größere Flächen einen Schwamm benutzen. Für die Feinarbeit, also zum Beispiel für Striche, ist ein Pinsel notwendig.

Wenn du längere Haare hast, können Haarspangen, Haargummis oder ein Haarreifen nützlich sein. So sind dir die Haare beim Schminken nicht im Weg. Wenn du dich allein schminkst, solltest du natürlich auch einen Spiegel zur Hand haben. Besser ist es aber, wenn du deine Eltern oder vielleicht einen Freund oder eine Freundin um Hilfe bittest.

Jetzt geht es los: Den Schwamm färbst du zunächst mit dunkelvioletter Farbe ein. Färbe damit die Haut um deine Augen und die Stirn bis zum Haaransatz. Das übrige Gesicht schminkst du weiß. Ohren und Hals nicht vergessen!

Wenn die Farbe trocken ist, kommt die Feinarbeit. Dazu benötigst du den Pinsel. Mit schwarzer Farbe kannst du dir künstliche Augenbrauen malen. Auch die Stellen direkt um deine Augen solltest du schwarz bemalen. Außerdem kannst du deine kleinen, senkrechten Falten auf der Stirn sowie die Falten von der Nase zu den Mundwinkeln schwarz nachziehen. Damit wirkst du noch grimmiger.

Deine Lippen bemalst du violett oder blutrot. Dazu kannst du entweder einen Pinsel oder einen Lippenstift benutzen. Die gefärbten Lippen heben die weißen, spitzen Zähne noch mehr hervor. Wenn du willst, kannst du dir mit etwas roter Farbe noch ein paar Striche von den Mundwinkeln zum Kinn malen. Dann sieht es so aus, als ob du gerade etwas Blut getrunken hättest.

Anschließend färbst du deine Haare mit weißem Haarspray. Aber Vorsicht: Pass auf, dass du das Spray nicht in die Augen bekommst! Entweder machst du die Augen zu oder du legst dir sicherheitshalber ein Tuch darüber.

Wie wär's, wenn du dir zum Schluss noch ein paar weiße oder silberne dünne Fäden als Spinnweben in deine Haare flichtst?

Schwarzer Umhang zum Selbermachen

Ein weiteres Merkmal von Vampiren ist ihr schwarzer Umhang. Er dient als ein markantes Kennzeichen, Wärmeschutz und auch als Flugmittel. Einen Vampirumhang kannst du natürlich kaufen, aber wie wär's, wenn du ihn gemeinsam mit einem Erwachsenen selbst herstellst?

Du brauchst:
schwarzen Futterstoff, 1 Zentimetermaß,
1 Schere, 1 Stück Schneiderkreide,
1 Sicherheitsnadel.

So wird's gemacht:

1. Rolle den Stoff auf dem Tisch im Stoffladen aus. Die Stoffbreite sollte mindestens 1,30 m betragen.
2. Schneide ein 2,60 m langes Stück Stoff ab.
3. Zu Hause breitest du den Stoff aus und zeichnest mit der Schneiderkreide einen großen Halbkreis darauf. Der Radius des gedachten ganzen Kreises sollte 1,30 m entsprechen.
4. Zeichne einen zweiten, kleinen Halbkreis in die Mitte der geraden Seite deines Umhangs. Der Radius des gedachten ganzen Kreises beträgt hier 6 bis 7 cm.
5. Schneide die Halbkreise aus.
6. Lege dir den Umhang um und schließe ihn vor deiner Brust mit der Sicherheitsnadel.

Profi-Tipps:

- Statt den Umhang mit einer Sicherheitsnadel zusammenzuhalten, kannst du gemeinsam mit einem Erwachsenen auf der einen Seite ein Knopfloch anfertigen und auf der anderen Seite einen Knopf annähen.
- Machst du dir Sorgen, dass dein Umhang an den Schnittkanten ausfransen könnte? Dann bitte jemanden, der mit einer Nähmaschine umgehen kann, sie einzusäumen.
- Ein glänzendes, zum Beispiel dunkelgrün oder grau schimmerndes Band an die halbrunden Schnittkanten genäht, lässt den Umhang sehr elegant aussehen.

Na, wie fühlst du dich mit deinem Umhang?

Gruselige Kleinigkeiten

Was jetzt noch fehlt, sind eine dunkle Hose und ein dunkler Pulli. Auch schwarze spitze Schuhe machen sich gut. Vielleicht hat Papa noch ein altes Paar, das du dir mit etwas Zeitungspapier ausstopfen kannst?

Ziemlich gruselig wirken lange schwarze Fingernägel. Am besten lässt du sie einige Wochen vor deiner Verwandlung wachsen. Dann noch etwas schwarzen Lack darauf pinseln – und schon mag dir niemand mehr die Hand schütteln.

Um ständigen Blutdurst vorzutäuschen, kannst du dir ein Döschen mit roten Gummibärchen oder ein Plastikfläschchen mit Traubensaft in eine kleine Tasche stecken, die du unter deinem Umhang trägst.

Überhaupt kann es recht praktisch sein, eine Tasche bei sich zu haben. Denn darin lassen sich viele kleine fiese Sachen verstecken, zum Beispiel eine Plastikspinne oder -fledermaus an einem Faden, eine Dose mit rotem Schleim, eine dunkle Sonnenbrille gegen blendendes Licht, ein Feldermausstempel mit Stempelkissen oder ein Ersatzgebiss. Fällt dir noch mehr ein?

Wichtig ist, dass du als Vampir wenig redest. Wenn du etwas sagst, dann mit möglichst tiefer Stimme. Folgende Sätze machen totsicher mächtig Eindruck:

- Darf ich bitten, gnädige Frau?
- Darf ich Sie zu Ihrem Platz geleiten?
- Nehmen Sie Platz und speisen Sie mit mir.
- Noch ein Gläschen Wein gefällig?
- Wenn Sie gestatten, schreite ich voran.
- Wir werden heute Nacht gewiss einen Mordsspaß haben.

Endlich die eigene Gruft!

Vampire „wohnen“ in einer Gruft. In der Umgebung von Grabsteinen und Spinnweben fühlen sie sich wohl. Wie du dir ein gruseliges Zuhause schaffst, wo du nach Sonnenuntergang deine Gäste empfängst, kannst du auf den nächsten Seiten nachlesen.

Grabsteine

Um künstliche Grabsteine herzustellen, eignen sich weiße Styroporplatten. Die bekommst du im Baumarkt. Schneide die Platten in die gewünschte Form. Dann färbst du sie mit Acrylfarbe grau. Zum Schluss kannst du mit einem dicken schwarzen Filzstift Inschriften in den Grabstein „meißeln“.

Spinnweben und -netze

Wenn du keine Lust hast, im Keller oder an anderen ungemütlichen Orten nach echten Spinnweben zu suchen, kannst du sie in einer Sprühdose kaufen. Das ist die einfachste Methode, aber auch die teuerste. Preiswerter und fast genauso gut ist Kosmetikwatte, die du vorsichtig immer weiter auseinander ziehst, bis sie hauchdünn ist.

Für Spinnennetze brauchst du:
1 ausgediente Plastiktüte, helle Wolle, 1 Schere, Flüssigkleber, durchsichtiges Klebeband.

Und so wird's gemacht:
1. Lege die Plastiktüte auf deinen Arbeitsplatz.
2. Schneide von der Wolle sechs gleich lange Fäden ab. Die Länge der Fäden hängt davon ab, wie groß das Spinnennetz später werden soll.
3. Lege die Fäden in der Mitte überkreuz auf die Plastiktüte.
4. Klebe sie am Kreuzungspunkt, also in der Mitte, zusammen. Die Tüte verhindert, dass der Klebstoff auf deiner Arbeitsfläche landet. Schneide einen langen Faden von der Wolle ab.
5. Lege ihn spiralförmig – in der Mitte beginnend – auf die anderen Fäden.
6. Verklebe die Schnittpunkte miteinander.
7. Befestige die Spinnennetze mit dem Klebeband in dunklen Ecken oder vor dunklen Wänden oder Vorhängen.

Eine schwarze Spinne

Zu deinem Spinnennetz gehört natürlich auch eine Spinne.

Du brauchst:

schwarzen Filz, 1 Stück Schneiderkreide, 1 Nähnadel, schwarzes Nähgarn, 8 schwarze Pfeifenputzer, Füllmaterial (Wolle oder Watte), eventuell weiße Acrylfarbe und Pinsel oder Stickgarn.

So wird's gemacht:

1. Für den Spinnenkörper zeichnest du einen Kreis mit etwa 10 cm Durchmesser auf den Filz und schneidest ihn aus.
2. Zieh das Garn durch das Nadelöhr und knote es fest.
3. Nun setzt du in etwa 5 mm Abstand zum Rand des Kreises mit der Nähnadel kleine Heftstiche. Dazu stichst du mit der Nadel immer abwechselnd von oben nach unten und von unten nach oben durch den Stoff, bis du wieder den Ausgangspunkt des Kreises erreicht hast.
4. Ziehe den Filzkreis leicht zusammen und stopfe ihn mit der Watte oder der Wolle aus. Das ist der Spinnenkörper.
5. Drücke und ziehe den Spinnenkörper, bis er etwas ovaler ist.
6. Nähe die Öffnung zu. Achte darauf, dass der Körper seine Form behält.

Und so geht es weiter:

1. Für den Kopf bindest du ein kleines Stück von einem Ende des Spinnenkörpers mit einem Faden ab. Dazu stichst du mit der Nadel von unten nach oben einmal durch und wickelst den Faden mehrmals fest um den ausgestopften Filz. Es entsteht ein kleinerer und ein größerer Teil – Kopf und Körper.
2. Für die acht Beine der Spinne kürzt du die Pfeifenputzer auf jeweils 15 cm.
3. Nähe die Pfeifenputzer nebeneinander am Körper der Spinne an.
4. Knicke sie so, dass die typische Form von Spinnenbeinen entsteht.

Tipp: Wenn du magst, kannst du mit der weißen Farbe noch ein Kreuz auf den Rücken der Spinne malen oder es mit hellem Garn aufsticken.

Weitere Einrichtungsideen

Wie wär's, wenn du schwarze, graue und rote Krepppapierstreifen unter deine Zimmerdecke hängst? Auch aus schwarzem Tonpapier ausgeschnittene Fledermäuse an Bindfäden machen sich gut.

Außerdem kannst du in deinem Zimmer ein paar Grablichter aufstellen. Entweder du lässt dir echte Grablichter schenken oder du beklebst Wassergläser mit rotem Transparentpapier, füllst etwas Sand hinein und stellst ein Teelicht darauf.

Vorsicht: Lass die Kerzen niemals allein und pass auf, dass sie nicht umkippen! Schließlich willst du deine Gruft ja nicht in Brand stecken!

Genauso gut machen sich auch Vampir-Lichter: Stelle ein Wasserglas mit Sand und Teelicht in eine Butterbrotstüte aus Papier, auf die du vorher mit einem schwarzen Filzstift einen Vampirkopf mit spitzen Zähnen, Fledermäuse oder ein paar Spinnen gemalt hast.

Über Tische und andere Möbel kannst du dunkel Tücher oder Decken legen. Darauf verteilst du weißen Mausespeck und schwarze Lakritzschnecken.

Für zusätzliche unheimliche Stimmung kannst du mit Gruselmusik sorgen. Frage mal in eurer Stadtbücherei nach, ob es dort eine passende CD gibt. Dann ist Gänsehaut garantiert.

Jetzt hast du eine Umgebung geschaffen, in der sich Vampire richtig wohl fühlen.

Vampir-Bande Teil V

Familienbande

Wenn Helena und Victoria nicht mit Theodor unterwegs sind, lümmeln sie zu Hause herum, ärgern Spinnen in ihren Netzen oder machen ihre Aufgaben in Blut-Chemie. Manchmal kümmern sie sich um ihren kleinen Bruder Waldemar. Er ist ein Baby und liegt in einer kleinen Sargwiege. Über ihm baumeln gefilzte Fledermäuse, die Helena immer wieder anschubst, damit sie schön flattern. Viel lustiger findet Waldemar es jedoch, wenn Victoria eine Kröte über seine Decke hüpfen lässt. Dann quiekt er vor Vergnügen. Doch damit ist Schluss, sobald der Kleine Hunger kriegt. Dann muss sein Blutfläschchen her – aber zack zack.

Auch Oma Gerlinde und Opa Günther wohnen auf Schloss Gruselburg. Sie sind schon über 600 Jahre alt und Rentner. Zwar leben Vampire ewig. Aber weil sie schon sehr alt waren, als sie Vampire wurden, wollte es von Anfang an mit dem Beißen nicht so recht klappen. Und da haben die beiden beschlossen, auch als Vampire den Ruhestand zu genießen. Jetzt schlendern sie nachts Arm in Arm über den Friedhof, erschrecken die Eulen ein bisschen und machen es sich anschließend am Kamin gemütlich. Bei ein oder zwei Gläschen Blut und Blutwurst-Spießchen erzählen sie Baby Waldemar gruselige Geschichten.

Helenas und Victorias Eltern dagegen sind immer im Stress. Papa Hannibal arbeitet als Chirurg in einem Krankenhaus – selbstverständlich immer im Nachtdienst. Sobald seine Menschen-Kollegen Pause machen, füllt er heimlich, still und leise einen Kanister mit Blut. Mama Lotte, die Blutspenden organisiert, hat es da etwas leichter. Nach Feierabend lässt sie einfach einen der vielen Kanister unter ihrem weiten Mantel verschwinden und macht sich flugs auf den Heimweg.

Wer noch im Schloss wohnt? Otto, der Totengräber, ein Onkel von Helena und Victoria. Aber er ist meistens mit seinem Spaten im Schlossgarten unterwegs. Man sieht ihn nur selten. Und eigentlich weiß niemand so genau, was er die ganze Nacht so macht …

Vampir-Fest

Hast du Lust, mit deinen Freundinnen und Freunden eine Vampir-Party zu feiern? In diesem und im nächsten Kapitel findest du viele vampirstarke Ideen.

Einladungen

Du brauchst:
1 Schere, schwarzen Tonkarton, 1 weißen und 1 roten Buntstift, rote Wachskreide, 1 Nähnadel und schwarzen Faden.

Und so wird's gemacht:
1. Schneide den Tonkarton auf DIN A4-Format zurecht.
2. Falte den Karton in der Mitte.
3. Schneide ihn so zurecht, dass er wie ein Grabstein aussieht. Besonders alt wirkt der „Grabstein", wenn du die Ränder etwas einreißt.
4. Auf die Vorderseite schreibst du mit dem weißen Buntstift ganz groß „Einladung". Darunter trägst du den Namen des Freundes ein, für den die Karte bestimmt ist.
5. Klappe die Karte auf und schreibe mit dem roten Stift auf die linke Seite „Vampirfest".
6. Auf die rechte Seite der Einladung notierst du, wann und wo die Feier stattfindet, welche Verkleidung gewünscht ist und wann Schluss ist.

Tipp: Aus schwarzem Tonpapier ausgeschnittene Fledermäuse machen sich auch gut als Einladungskarten.

Vorsicht, Sonnenlicht!

Sind alle deine Vampir-Gäste eingetroffen?
Dann beginnt das Fest mit diesem Spiel.

Im Zimmer ist es fast ganz dunkel. Aus dem Kassettenrekorder ertönt schaurige Musik. Alle Vampire tanzen wild durcheinander. Plötzlich schaltet ein Kind die Lampe an. Sofort müssen sich alle Vampire eine Gruft suchen, sich also irgendwo verstecken, wo sie vor dem Licht geschützt sind – zum Beispiel unter einem Tisch, unter einer Decke, hinter der Zimmertür ... Wer kein Versteck findet, darf das Licht ausschalten, und das Spiel beginnt von vorn.

Spinnenrennen

Ihr braucht:

2 Spinnen (aus Plastik oder selbst gebastelt), 2 Bleistifte und Nähgarn.

Und so wird's gemacht:

1. Jede Spinne bekommt ein gleich langes Stück Nähgarn. Das eine Ende wickelt ihr um den Körper der Spinne und verknotet es dort. Das andere Ende befestigt ihr am Bleistift.
2. Markiert auf einem Tisch eine Start- und eine Ziellinie.
3. Stellt die Spinnen nebeneinander an die Startlinie.
4. Legt den Bleistift hinter die Ziellinie.
5. Dann begeben sich zwei Vampire zu den Bleistiften.
6. Startschuss! Die Vampire versuchen, so schnell wie möglich die Schnur mit dem Bleistift aufzuwickeln und ihre Spinne zu sich ins Ziel zu holen.
7. Die Spinne, die zuerst die Ziellinie erreicht hat, ist Sieger. Der Verlierer scheidet aus.
8. Danach sind die nächsten beiden Vampire an der Reihe.
9. Nach den ersten Durchgängen treten die Sieger gegeneinander an, bis der endgültige Gewinner des Spinnenrennens feststeht.

Wer traut sich?

Du brauchst:

1 Karton, Sachen, die sich ekelig anfühlen, aber nicht gefährlich sind, 1 Tuch, 1 Schüssel mit Wasser, 1 Handtuch, für jeden Gast 1 Zettel und 1 Stift.

Und so wird's gemacht:

1. Unbemerkt von deinen Gästen, gibst du zum Beispiel ein Schälchen Wackelpudding, nasse Watte, einen Klecks Haargel, ein hart gekochtes Ei ohne Schale und eine Bürste in den Karton.
2. Lege das Tuch darüber und trage den Karton zu deinen Vampir-Freunden.
3. Nun fasst ein Gast nach dem anderen unter das Tuch.
4. Anschließend wäscht er sich die Hände und trocknet sie ab.
5. Dann schreibt jeder Vampir auf, was er ertastet hat.
   Wer die meisten Sachen richtig erraten hat, ist Sieger.

Vampir-Labyrinth

Du brauchst:

Paketschnur, etwa 10 verschiedene Gegenstände, 1 Taschenlampe, 1 Stoppuhr, Zettel und Stift.

So geht's:

1. Binde die Gegenstände – zum Beispiel eine alte Socke, einen Stift, eine Kassette oder einen Kamm – in einigem Abstand an der Paketschnur fest.
2. Dann legst du die Schnur im Zimmer aus.
3. Verdunkele das Zimmer zu einer düsteren Gruft.
4. Alle Teilnehmer versammeln sich vor dem Eingang.
5. Frag: Wer traut sich als Erstes in das düstere Labyrinth?
6. Der Teilnehmer bekommt die Taschenlampe und hat eine Minute Zeit, um die Gegenstände an der Schnur zu finden.
7. Dann muss er die Gruft verlassen und die Namen der Gegenstände der Reihe nach auf einen Zettel schreiben.
8. Jetzt versucht der Nächste sein Glück.
9. Das Spiel endet, wenn alle Vampire in der Gruft waren. Wer die meisten Gegenstände auf seinem Zettel in der richtigen Reihenfolge notiert hat, ist Sieger.

Vampir-Jäger

Auch dieses Spiel findet in einem dunklen Zimmer statt. Genauso gut könnt ihr es aber auch nachts im Garten spielen ... Legt zuerst fest, wie groß der Friedhof, also das Suchfeld, ist. Dann bestimmt ihr einen Vampir-Jäger. Er bekommt eine Taschenlampe und stellt sich mit verschlossenen Augen an eine vorher vereinbarte Gruft, zum Beispiel einen Baum oder einen Sessel.

Während der Vampir-Jäger laut bis 20 zählt, verstecken sich die Vampire. Dann macht sich der Vampir-Jäger mit der Taschenlampe auf die Suche. Fällt der Lichtkegel auf einen Vampir und schafft der Vampir-Jäger es, den Vampir kurz an seinem Umhang anzufassen, zerfällt der Vampir zu Staub, das heißt, er scheidet aus.

Besonders mutige Vampire tauschen ihre Verstecke oder versuchen, die vereinbarte Gruft zu erreichen, bevor sie in den Schein der Taschenlampe geraten. Dort sind sie sicher. Wer am Ende übrig bleibt, gewinnt.

Blutige Rezepte

Spielen macht hungrig und durstig. Darum hier ein paar ekelige Rezepte, mit denen sich Blutsauger vampirgemäß stärken können. Wichtig: Immer gemeinsam mit einem Erwachsenen in der Küche werkeln!

Würmer mit Blutsoße

Du brauchst:
1 kg Nudeln, Olivenöl, 1 Zwiebel, 2 Gläser oder Packungen passierte Tomaten, Salz, Petersilie, auf keinen Fall Knoblauch.

So wird's gemacht:
1. Fülle Wasser in einen großen Topf und stelle ihn auf den Herd.
2. Gieße etwas Olivenöl in einen anderen Topf.
3. Schäle die Zwiebel und schneide sie klein.
4. Gib die Zwiebelwürfel zum Olivenöl.
5. Sobald die Zwiebelwürfel durchsichtig (glasig) geworden sind, füllst du die Tomaten in den Topf.
6. Umrühren, salzen, aufkochen lassen, Petersilie dazu.
7. Gib die Nudeln in das kochende Wasser.
8. Nach acht bis zehn Minuten schüttest du Nudeln und Wasser in ein Nudelsieb.
9. Nun kannst du das Mahl servieren: erst die Nudeln (Würmer) auf den Teller, dann die Tomatensoße (das Blut) mit der Petersilie (Eidechsenschuppen) darüber geben.

Ameisenlarven-Torte

Die Torte mit Mohn (Ameisenlarven) ist ein richtiger Leckerbissen für alle Naschkatzen unter den Vampiren. Wenn du sie mit „Bluttropfen" und „Gruftstaub" verzierst, wirkt sie noch gruseliger.

Du brauchst:
10 Eier, 300 g Butter, 300 g Zucker, 70 g gemahlene Mandeln, 350 g gemahlenen Mohn, Puderzucker, Himbeeren.

So wird's gemacht:
1. Trenne zunächst Eigelb und Eiweiß in zwei verschiedenen Schüsseln.
2. Rühre die Butter und den Zucker zusammen schaumig.
3. Füge das Eigelb zu der Butter und dem Zucker und rühre dabei fleißig weiter.
4. Mische die Mandeln und den Mohn vorsichtig darunter.
5. Schlage das Eiweiß und füge es ebenfalls dazu.
6. Gib den Teig in eine Backform und stell sie bei 180 Grad für etwa eine Stunde in den Backofen.

Wenn die Ameisenlarven-Torte abgekühlt ist, dekorierst du sie noch mit Puderzucker und Himbeeren – als Gruftstaub und Blutstropfen.

Spinnenkekse

Eine Kuchenplatte voller Spinnen ist nichts für schwache Nerven.

Du brauchst:
1 Packung runde braune Kekse, Lakritzschnecken, geschlagene Sahne.

Und so wird's gemacht:
1. Lege die Hälfte der Kekse auf den Tisch.
2. Rolle die Lakritzschnecken aus und schneide sie in 15 cm lange Schnüre.
3. Lege auf jeden Keks nebeneinander vier Schnüre.
4. Gib jeweils einen Klecks Frischkäse oder Sahne und einen zweiten Keks darauf.

Tipp: Wer's lieber herzhaft mag, verwendet statt Keksen salzige Kräcker, statt Lakritzschnecken Salzstangen und statt Sahne Frischkäse.

Blutige Glibberhände

Blutig, wabbernd, einfach Furcht erregend!

Du brauchst:
1 Packung rote Götterspeise, Wasser, einen sauberen, ungepuderten Vinyl-Einweghandschuh.

Und so wird's gemacht:
1. Bereite die Götterspeise nach Packungsanleitung zu. Verwende jedoch etwas weniger Wasser, als vorgesehen ist.
2. Fülle die heiße Götterspeise in den Handschuh und knote ihn zu.
3. Lass die Götterspeise abkühlen und lege den Handschuh ins Tiefkühlfach.
4. Sobald die Götterspeise gefroren ist, schneidest du den Handschuh auf und lässt die Hand herausflutschen und auftauen.

Abgehackte Finger

Schon bei der Zubereitung läuft dir bestimmt ein kalter Schauer über den Rücken ...

Du braucht:
Knackwürstchen aus dem Glas, Mandelsplitter, Ketschup.

Und so wird's gemacht:

1. Schneide die Würstchen jeweils in der Mitte durch.
2. An dem Ende der Würstchen, an dem du nicht geschnitten hast, bringst du Fingernägel an. Dazu schneidest du etwas vom Fleisch weg und steckst einen Mandelsplitter ins Würstchen.
3. Gib einen Klecks Ketschup auf einen kleinen Teller und tunke das andere Ende der Würstchen hinein.

Überlebenspunsch

Zur Stärkung von Vampiren ist unter anderem dieser Überlebenspunsch geeignet. Je nach Jahreszeit kann er als wärmende Bowle oder kühle Erfrischung zu sich genommen werden.

Du brauchst:
Hagebuttentee, Johannisbeersirup, Kirschsaft, Zitronensaft, Zucker oder Süßstoff, eventuell Vanilleeis.

Und so wird's gemacht:
1. Bereite den Tee zu.
2. Fülle ihn mit Johannisbeersirup und Kirschsaft auf.
3. Gib etwas Zitronensaft hinzu und süße mit Zucker oder Süßstoff nach.
4. Vanilleeis macht den Punsch perfekt.

Tipp: Wie wär's, wenn du dir etwas vom roten Gebräu in kleine Fläschchen füllst? So hast du immer eine Notration Blut dabei, falls du mal Durst bekommen solltest?

Ekelige Kleinigkeiten

Würmer in Krötengrütze: Koche gelbe Götterspeise und gib sie zusammen mit Weingummiwürmern in Eiswürfelbehälter.

Blutegelkompott: Koche rote Götterspeise. Fülle sie in eine Glasschüssel und lege rote Weingummischlangen dazu.

Blutige Würmer: Pikse Erdnussflips auf Schaschlikspieße und streiche etwas Ketschup darauf.

Krötenschleim: Zwei bis drei Bananen zerquetschen und mit zwei bis drei Esslöffeln Milch und einem Schuss Zitronensaft zu Schleim verrühren.

Blutbrei: Eine zerquetschte Banane, den Saft von zwei Blutorangen und 100 g Haferflocken miteinander verrühren.

Blutiger Zahnersatz: Backe dreieckige „Plätzchen" aus Mürbeteig, bestreiche sie mit Zuckerguss und gib etwas rote Zuckerschrift darauf.

Vampir-Bande Teil VI

In der Schule

An vier Abenden in der Woche müssen Helena, Victoria und Theo in die Schule fliegen. Sie liegt ein paar Kilometer entfernt in einer Gruft auf dem Friedhof im Nachbardorf. Hier lernen die drei Vampire zusammen mit anderen Blutsaugern aus umliegenden Gruften und Burgen alles, was Vampire für ihr langes, untotes Leben wissen müssen. Für dieses Jahrhundert stehen folgende Fächer auf dem Stundenplan:

Biologie: Welche Menschen und Tiere versprechen eine satt machende Blutmahlzeit? Von welchen lässt man besser die Zähne?
Chemie: Wie kann Blut für ein paar Tage haltbar gemacht werden? Die Vor- und Nachteile des Einkochens und Einfrierens.
Mathe: Addieren, Subtrahieren und Multiplizieren mit Blutkörperchen.
Geschichte: Die Entwicklung der Vampire vom Mittelalter bis heute.
Deutsch: Gedichte über Werwölfe.
Rumänisch: Vampirgeschichten übersetzen.
Sport: Fliegen bei stürmischem Wetter.

Außerdem nehmen die drei Vampire noch an zwei verschiedenen Arbeitsgemeinschaften teil:

Streit schlichten: Wie schaffen es Vampire, sich bei Meinungsverschiedenheiten nicht gleich zu kratzen?
Geige spielen: Klar, dass Vampire hier nicht lernen, schöne Lieder zu fiedeln, sondern versuchen, möglichst schräge und quietschende Töne zu erzeugen – richtig grauslig!

Doch für heute Nacht ist erst einmal Schluss mit Lernen. Helena, Victoria und Theo machen es sich in ihren Särgen gemütlich und träumen süß von ihren Plänen für die nächste Nacht: Leute erschrecken, Blut-Eis schlecken, Spinnen fangen, modriges Parfum selber machen … und sie haben bestimmt noch mehr Ideen!

Quellenverzeichnis

Wir danken für die freundliche Genehmigung zum Abdruck.

Diebe nicht erwünscht
aus: Ulrike Kaup, Vampirgeschichten
© 1999 Edition Bücherbär im Arena Verlag GmbH, Würzburg

Familie V. zieht um
von Christa Wißkirchen
© bei der Autorin

Das Gruselschloss in den Karpaten
von Barbara Warning
© bei der Autorin

Vampir-Jagd
von Franziska Jaekel
© bei der Autorin

In der Geisterbahn
von Nicole Büker
© bei der Autorin